MASKARA3

Erzählung

by Heinz Andernach

Die Landschaft war friedlich, litt aber unter der Trocken-
heit. Gleißendes Licht in einer gelb-braunen Landschaft.
Unterhalb von Waldi befand sich ein Grab und in seiner
Vorstellung sah er ein schlankes Gebein, ein Skelett, und
er wusste: das war er. Hier lag er seit Hunderten von Jahren.

Er verlor zum ersten Mal die Angst vor dem Tod. Statt
Schrecken zu empfinden, fühlte er sich sehr geborgen.
Und mit diesem Gefühl wachte er auf.

Soweit er sich erinnern konnte, war in dem Traum gar
nichts passiert, er befand sich einfach in dieser schönen
Landschaft, an diesem Grab. Der Traum hatte wohl keine
Minute gedauert, und gerade dieser Umstand gab der Szenerie die volle Realität. Kein unwirkliches Traumgespinst
mit einer Abfolge aneinandergereihter Absurditäten oder
symbolbehafteter Bewegungen. Keine Karikatur seiner
Wirklichkeit. Die Statik der Situation erschien ihm als
Einblick in eine ferne Zukunft.

So hatte dieser Traum den Charakter einer Vision. Der
Beobachter der Szenerie hatte sich durchaus als körper-
lich empfunden, die Hitze der Landschaft verspürt. Und
er war dieser Beobachter, keine Frage. Waldi wusste, er
war auch dieses Knochengestell. Dies war seine vorstell-
bare Zukunft. Mit anderen Worten, er musste sich erst auf
die Rolle eines einsamen Leichnams in einer einsamen
Landschaft vorbereiten wie auf die eines Besuchers seiner
Grabstätten.

Waldi ist kein Vertreter einer irgendwie gerichteten Eso-
terik, kein Anhänger irgendeiner dogmatischen Heilsleh-
re, die von besserwisserischen Propheten in selbstbewuss-
ter Ignoranz zu jeder kritischen Nachfrage von oben herab
verkündet wird. Es ist aber nicht zu leugnen, dass er sich
mit den Jahren von einem ebenso besserwisserischen Ra-
tionalisten zu jemandem entwickelt hatte, der die Worte
des Papstes für wahr halten konnte so wie die Ausführungen in Grimms Märchen als gut recherchierte Stories eines um die Wahrheit bemühten kritischen Journalismus.

Logischerweise hätte dies zur totalen Absurdität führen
müssen. Alles ist möglich! Die Ratio, die Logik eine Illusion, denn die Welt war nicht logisch. Dennoch versuchte
Waldi seinen gesunden Menschenverstand zu pflegen.
Wenn man beispielsweise zu einer Party eingeladen wurde, die der Besitzer des Universums gab, wählte man die
passende Garderobe.

Es gab natürlich keinen Besitzer des Universums, da war
man sich ziemlich sicher. Waldi war weit rumgekommen
- mit seinem Papraumschiff. Und irgendwo, irgendwann
hatte er den Mann getroffen, der Besitzer des Spiralarmes
war, in dem sich unsere Erde mit ihrer Sonne befindet.

Der Mann war recht mächtig, und die Habenichtse seiner
Parties witzelten über mögliche Besitzer möglicher Universen, die von ihm Pacht verlangten oder zumindest Bi-
lanzen ihrer Filiale. Für sie war unser Spiralarm vielleicht
eine kleine Hacienda oder ein knackiger Edelpuff. Das
brachte natürlich den Besitzer unseres Spiralarmes zur
Weißglut.

Waldi hatte sich seinen gesunden Menschenverstand bewahrt, was immer das auch sein mochte. Er hatte etwas in Siegmund Freuds Traumdeutung gelesen und er hatte die neueste Platte einer seiner Lieblingsbands gehört mit einem schönen Lied, dessen Text von Wiedergeburt und Weiterexistenz handelte. Es war doch so gut wie selbstverständlich. Der Traum war Antwort auf das Lied. Unklar blieb, ob dem allen eine Realität beizumessen war.

Was hätte 1994 wohl der Besitzer unseres Spiralarmes gesagt? Ab und zu konnte er sich von seiner Geschäftspolitik distanzieren und sich solch philosophischen Fragen widmen. Fragen wie solchen, ob die Natur der Universen flachbäuchig sei oder ob es tatsächlich nur ein Universum gebe. Statisch, unendlich ausgedehnt in Zeit und Raum, zwar mit einer Geschichte, aber ohne Anfang und Ende.

Die Geschichte in unserem Spiralarm konnte durchaus enden, indem er sich einfach auflöste, aber in anderen Teilen dieses Universums wurden weiter Witze gemacht und heiße Parties gegeben, unsichtbar für die hier Diskutierenden.

Es war die Frage der Unsichtbarkeit, die die Geister erregte. Die einen behaupteten, das Universum sei zwar endlich, konnten sein ungefähres Alter und seine Größe angeben, faselten aber etwas von Babyuniversen, Evolutionen, Wurmlöchern, imaginären Zeiten und Räumen. Alles eingebettet in mehrdimensionale Windungen, quasi für unsere Sinne nicht erfassbar, unsichtbar. Das Universum, alle seine Babys und ebenso sein Großvater waren in eine mehrdimensionale Beliebigkeit eingetaucht.

Die Partei der ewig Gestrigen, zu denen auch Waldi zählte, behauptete hingegen steif und fest, dass das mit den verborgenen Welten alles Quatsch sei - das Gerede von beliebigen Paralleluniversen, die selbstverständlich alle beschränkt und aus einer Singularität entstanden waren.

Waldi war gewissermaßen inkonsequent, war er doch auf der Suche nach einer Zeitmaschine, um endlich für sich die richtigen Weichen stellen zu können. Jetzt um so mehr, da eine zweite Frau ihn verlassen hatte.

Fanny Möhrle war inzwischen Mutter und dachte in diesem Moment sicher nicht an ihn. Und er hatte schließlich Valerie kennengelernt. Er hätte es nicht für möglich gehalten, an eine Frau wie Valerie zu geraten, und erst recht nicht, dass eine Frau wie sie ihn lieben könnte. Ganz unmöglich fand er es, als Valerie ihn verließ.

Ihre Liebe war im Mülleimer der Geschichte verschwunden, wen kratzte es? Da blieb nicht viel übrig, als über die Natur des Universums nachzudenken. Für ihn gab es nur ein Universum, das nicht aus einer Singularität entstanden war. Es dehnte sich auch nicht aus, es brauchte sich gar nicht auszudehnen, weil es schon unendlich ausgedehnt war. In seiner Struktur war das Universum von einer nicht zu schlagenden Einfachheit. Es war einfach dreidimensional!
Der Haken war, dass das Universum praktisch unsichtbar war, man konnte gerade lächerliche 20 Milliarden Lichtjahre weit sehen. Was war das gegen die Unendlichkeit?

Die Situation war vergleichbar mit einem Inselarchipel. Man befand sich auf einer Insel mit Berg, und bei etwas guter Sicht konnte man auch die letzte des Archipels erkennen. Mehr aber auch nicht.

Die einen waren von einer mehrdimensionalen Unsichtbarkeit umgeben, die anderen argumentierten, man könne die Unendlichkeit des Universums nicht erkennen, weil die Unendlichkeit unsichtbar sei.

Es war eine Schande! Selbst im Zeitalter der interstellaren Parties konnte nicht geklärt werden, worauf die Rotverschiebung der Galaxien eigentlich beruhte. Es gab gewissermaßen einen Methodenstreit, und es war nicht ganz klar, wer den konservativeren Ansatz benutzte.

Die Rotverschiebung als Folge davon, dass die Galaxien auseinanderdrifteten, war eine gängige klassische Erklärung, etwas, das an nichts rüttelte, etwas Bekanntes also, das aber nach den Gesetzen der Logik zu unvorstellbaren Singularitäten führte, für die ein Entstehungsprozess von Materie postuliert wurde, den man verzweifelt in Hochbeschleunigungskomplexen zu wiederholen versuchte.

Mit einer gängigen klassischen Erklärung folgerte man etwas, was sozusagen alles auf den Kopf stellte und in aberwitzige, unüberprüfbare Theorien mündete, die monatlich in einschlägigen Verbreitungsorganen veröffentlicht wurden.

Die Anhänger eines statischen Universums mussten im wesentlichen die Rotverschiebung anders erklären. Favorisiert wurde zur Zeit, dass eine der universellen Konstanten, die Plancksche Wirkungskonstante, sich im Laufe der Milliarden Jahre in diesem Teil des Universums veränderte, kleiner wurde. Dies konnte natürlich keiner erklären, und die begrenzte Zeit beließ diese Hypothese als unüberprüfbar.

Waldi hatte sich angewöhnt, im höchst angetrunkenen Zustand, wenn er quasi zuviel Jägermeister intus hatte, für diese Vorstellung Partei zu ergreifen. Man musste dann so schwierige Sachen wie das Theorem der unendlich kleinen Dichte erklären. Wie konnte ein unendlich großes Universum, wohl auch mit unendlich viel Masse, unendlich vielen Teilchen, ja auch unendlich vielen Planeten eine weniger als wenig große Dichte haben?

Es gelang Waldi meistens nicht, dies den übrigen Alkoholikern zu erklären, die darüber hinaus Laien auf diesem Gebiet waren. Fassungslos hörten sie seine Stories, und Waldi schleppte sich gerade dann noch so ins Bett und begann von Pappraumern und dem Besitzer des Spiralarmes zu träumen.

Eines Tages trafen sich Fanny und Valerie zum Kaffeekränzchen. Valerie hatte über die Telefonauskunft Fannys Nummer erfahren und diese spontan gewählt. Fanny war Hausfrau und mit ihren zwei Belgern beschäftigt, als das Telefon rasselte. Was war das? Sie hatte die Agentur doch verständigt, dass sie für drei Wochen unerreichbar sei.

"Ja hallo, Fanny!" "Hier ist Valerie" lautete es am anderen Ende. "Es wird Sie vielleicht überraschen, ich bin Waldis Exfreundin und wollte mal mit einer anderen Ex sprechen. Ist doch recht so, oder?"

Fanny war überrascht und vergaß für eine Weile das Schleuderprogramm der Waschmaschine und die plärrenden Kinder. Die ihr unbekannte Frau lud sie zum Kaffee ein, um über Verflossenes zu sprechen. Fanny hatte seit drei Jahren nicht mehr an Waldi gedacht, aber dessen war sie sich nicht bewusst gewesen. Doch Frauen reden ja gerne über ihre Exmänner. Sie zeigte sich deshalb sofort interessiert.

"Ja,ja, ich wollte sowieso nach Hasberg", sagte sie, und so kam es, dass sich die beiden an einem warmen Samstagnachmittag im Frühling in Hasberg trafen. Valerie hatte einen Kuchen gebacken. Sie freute sich auf das Treffen. Die Wohnung war aufgeräumt und gründlichst geputzt. Kurz vor drei klingelte es. Sie zog schnell eine Leggins über ihren modern geschnittenen, rosafarbenen Slip, schlüpfte in ein paar Hausschuhe mit höheren Absätzen und öffnete dann die Tür.

Sie blickte in das Gesicht einer dunkelhaarigen Frau, die sie mit warmen, braunen Augen anguckte. Die Frau war etwas kleiner als sie selbst, obwohl sie Pumps trug, die schätzungsweise vier cm Absatz hatten. Aber soviel Absatz hatten ihre Hausschuhe auch.

"Komm rein", sagte Valerie, ohne in ein förmliches Sie zu verfallen. "Du bist sicher müde von der Fahrt!" Valerie sprach zu Fanny, als ob sie alte Freundinnen wären. Ihre großen, blauen Augen leuchteten. Sie hatte sich immer gewünscht, Fanny, Waldis erste Freundin kennen zu lernen.

Fanny hatte keine überflüssige Klamotte an, denn draußen war der Himmel blau, und die Temperatur überstieg 25 Grad. Sie trug einen BH, einen Slip, eine grüne Bluse und einen schwarzen Minirock. Und die schwarzen Pumps.

Die Hausschuhe von Valerie waren grün mit ein bisschen Fell, die Leggins grau und mit Rosenblüten gemustert. Sie trug keinen BH und ein rosa-weiß-gestreiftes T-Shirt. Valerie hatte sich vorgenommen, aus dem Treffen keine Modenschau zu machen. Sie trug ihr rotes Haar jetzt länger, wuschelig, während die dunkelhaarige Fanny einen Kurzhaarschnitt hatte.

Die Frauen lächelten sich an und waren sich sofort sympathisch. Valerie bot Fanny einen Platz an, setzte den Kaffee auf und schnitt den Nusskuchen an. Als Aperitif bekam Fanny ein Gläschen Amaretto. Die Frauen stießen auf die Zukunft und auf die Vergangenheit an. "Er war so unsauber" sagte eine von ihnen, und es war ziemlich unwichtig, welche der beiden das äußerte.

"Er putzte sich nie die Zähne." - "Die Gläser waren schmierig. Die ganze Küche war schmutzig." - "Von allein putzte der nie." - "Er hatte überhaupt keinen Sinn für Ordnung. Als ich aus dem Urlaub zurückkam, war die Wohnung dreckig, überall lag der Staub." - "Er hatte überhaupt keinen Sinn dafür, eine Wohnung einzurichten" - "Das war sowieso meine Aufgabe, aber das habe ich auch gerne gemacht!" - "Schließlich habe ich mich vor seinem Schwanz geekelt. Ich musste Waldi immer auffordern, ihn zu waschen." - "Der Geschmack war sauer, und es roch nach Urin. Er kratzte sich immer am Arsch, er hatte da irgendeine Flechte. Danach stanken seine Finger undefinierbar und ein bisschen nach Scheiße." - "Kochen konnte er auch nicht!" - "Doch, kochen konnte er, aber das Geschirr war immer schlecht gespült."

Die Frauen waren sich einig in ihrem Urteil über Waldi, und der konnte sich nicht wehren, da er sich in einem anderen Teil der Milchstraße befand, wo er mit einer Tänzerin von der Wega und einer entmachteten Königin des Rigelsystems Strippoker spielte. Er war schon immer weit und breit der beste Strippokerspieler gewesen, und so kam es, dass er bei diesem Spielchen noch keine Socke ausgezogen hatte, die Tänzerin aber nur noch Strapse, Slip und Oberteil trug und die Königin schon ihre schönen, gigantischen Titten freigelegt hatte.

Waldi tat sein Bestes, damit in der nächsten Runde das Höschen der Königin dran glauben sollte. Die Königin müsste sich dann vom Spielgeschehen entfernen, was eine Schmach für sie bedeuten würde. Danach würde das Stripduell zwischen ihm und der Tänzerin weiter ausgetragen. Die Tänzerin würde mit allen Tricks kommen, um ihr kleines Höschen an zu behalten. Keine Frage, sie würde aus taktischen Gründen ihr Oberteil ausziehen, ihre Titten frei machen, die nicht weniger imposant waren als die der Königin, aber etwas feiner wirkten. Mit allen Mitteln würde sie versuchen, ihr Höschen an zu behalten. Ihr Höschen verbarg einen Arsch, den man nach galaktischen Maßstäben nur als knackig bezeichnen konnte, und eine Pussy, die weit über ihr Sternsystem hinaus bekannt war.

Einmal hatte der Besitzer unseres Spiralarmes fast das Vergnügen, ja die Ehre gehabt, diese Pussy zu nehmen. Er war von der Kunst, die ihm dargeboten wurde, so begeistert, dass er sie kaufen wollte.

11

Aber die Tänzerin erwies sich als unverkäuflich und gab dem Besitzer einen Korb. Nun galt es, ihre Strapse und ihr Höschen zu verteidigen.

Was nützten die Erfahrungen, die man in der Galaxis gemacht hatte, die tiefgründigsten Gespräche, die man mit Weisen von Planeten roter Sonnen geführt hatte, wenn die letzte Frau gegenüber der ersten bei Kaffee und Kuchen zum Besten gab, dass Waldi zu wenig leidenschaftlich gewesen sei. Der Sex sei letztlich zu langweilig gewesen, und Sex sei ja nicht unwichtig.

Die erste Frau hatte den Sex voll in der Hand gehabt. Für sie stand fest, dass ihr Waldi zu wenig zärtlich gewesen war. Letzterer hatte im wesentlichen das Animalische gefehlt, man konnte in diesem Punkt nicht so leicht auf einen Nenner kommen. Nun ja, Valerie hatte des öfteren ein Vorspiel gefehlt. Fanny konnte sich an solches überhaupt nicht erinnern.

Während Waldi weiter in der Galaxis umherirrte, versuchten die Frauen Vergleichbares in ihrem gemeinsamen Schicksal zu finden. Es taten sich aber auch jede Menge Differenzen auf.

Fanny war im Laufe der Jahre noch verrückter geworden, aber ihre Figur war immer noch tipptopp. Valerie war neugierig. "Komm, lass mal deinen Busen anschauen. Waldi hat immer erzählt, deine Titten seien meinen sehr ähnlich. Komm, lass mal sehen!"

Sie legte ihre Marilyn-Monroe-Platte auf den Plattenspieler, eine für Fanny nicht so ganz vertraute Musik erklang. Obwohl unbekannt, konnte die Musik einen wirklich dazu verleiten, sich auszuziehen. Valerie tat sehr vertraut: "Strip mal für mich!"

Fanny hatte oft gestrippt, damals für die Hasberger Grünen, und die hatten wirklich alle Energien erhalten, um in alle Parlamente einzuziehen.

Man hätte nur Egon und seine Spießgesellen zu fragen brauchen, die sich Videos von der Erde anschauten und dabei Jägermeister soffen. Weshalb ausgerechnet Jägermeister, wusste keiner, aber die Menschen wussten sowieso wenig von Egon und den Gesellen. Selbst Waldi mit seinen galaktischen Explorationen hatte die grünen Marsianer einfach übersehen. Sie waren ja auch so klein.

Egon liebte es, nach gesoffenem Jägermeister mit seinem roten Auto durch die Gegend zu fahren. Die bewohnte Gegend auf dem Mars machte gerade noch ein paar hunderttausend Quadratmeter aus. Egon liebte es, mit seinem Wagen die bewohnte Gegend hinter sich zu lassen. Sein Wagen war einem deutschen Mercedes nachempfunden. Bei ihm fehlte nichts an Komfort, auch nicht der Stern.

Er kam an Tausenden von roten Autos vorbei, die auf den verlassenen Straßen vor sich hin rosteten. Es gab Billionen kleine, verlassene rote Autos auf dem Mars, die vor sich hin rosteten und das bei der geringen Luftfeuchtigkeit.

Für die NASA waren diese abgestellten, vergessenen Autos weniger als Geröll. Man hatte sie einfach nicht bemerkt. - In seiner Wohnung hatte Egon mehre Videos, die seine Überwachungskameras während seiner Korrespondentenzeit geschossen hatten. Videos von Fanny, wie sie irgendeinem müden grünen Clubmitglied einen Strip hinlegte. Fannys Tätigkeit war für die Grünen nicht ganz unwichtig gewesen. Nahm man die Chaostheorie zum Maß aller Dinge, waren ihre Tänze zumindest eine der Ursachen dafür, dass die Grünen schließlich in den deutschen Bundestag einzogen. Und einer der Hasberger war dabei.

Das sind historische Fakten, die weder Fanny noch Waldi, ganz zu schweigen von Valerie, kannten. Fanny hatte vielleicht eine Ahnung. Sie machte, die Musik verlangte es quasi, tänzerische Bewegungen, warf ihre Bluse auf den Boden und der aufregende Moment, in dem ihr BH fiel, war schnell vertan.

Da waren nun die Titten. Valerie grinste. Während Fanny weitertanzte, der Anstand ihr aber gebot, sich nicht weiter auszuziehen, bewegte sich Valerie nun auch auf die Tanzfläche. Es wäre für jeden marsianischen Beobachter ersichtlich gewesen, dass Valerie zu dieser Musik schon öfter getanzt hatte. Routiniert ließ sie ihr T-Shirt fallen, und siehe da: ihre Brüste sahen recht ähnlich aus.

Waldi konnte von diesen Titten nur träumen. Er träumte auch vom intergalaktischen Strippoker. Der intergalaktische Strip war nur ein Traum, er war auch nie zum Besitzer dieses Spiralarmes vorgedrungen. Es gab Gerüchte, dass ein Besitzer existierte, mehr nicht.

Alles was Waldi auf seinen interstellaren Reisen antraf waren Philosophen, meist Naturphilosophen, die keine BHs, keine Tangas, keine Bodys trugen. Wenn er wenigstens interstellare Animiershops angetroffen hätte, dann hätte er ein paar Dollars spendiert.

Nach einer alten Sage müssen Raumfahrer Jägermeister trinken, und das tat Waldi den ganzen Tag. Es gab diese Dreiviertelliterflaschen. Für manch einen reicht so eine Flasche einen Monat, für Waldi reichte sie nur für einen Abend. Tagsüber trank er jedoch gewöhnlich nichts. Mit jedem Schluck Jägermeister war er dem pangalaktischen Striptease ferner, auch den Titten von Fanny, Valerie oder Miriam.

Miriam spielte nur noch in seinem Unterbewusstsein eine Rolle. Eine Tochter der Nachbarn, die er selten durch das Fenster betrachtete, erinnerte ihn entfernt an sie, aber wirklich nur sehr entfernt. Er projizierte in dieses Mädchen in etwa das, was er bei Miriam immer vermutet hatte. Diese Nachbarstochter hieß Michaela und war etwas mehr als zwanzig Jahre jünger als Waldi. Er hätte ihr Vater sein können, und obwohl er jeglichen Vater-Tochter-Sex widerlich fand, wünschte er sich manchmal so etwas wie eine geheime Liebesgeschichte zwischen Michaela und sich - geheim vor der Welt.

Mit ein paar Tricks würde Michaela unbemerkt in seine Wohnung gelangen, Waldi hatte sich da einige Möglichkeiten ausgedacht. Sie würden sich, unbemerkt von der Welt, unterhalten, sich liebhaben, ja vielleicht auch lieben. Ihre Treffen standen im Zeichen der Verschwiegenheit und der konspirativen Liebe. Es wäre ein über die Straße hinausgehender Skandal gewesen, wäre ihre Liebschaft publik geworden.

Die Eltern hätten sicher Molotowcocktails geworfen oder zumindest mit ihrem Hass und ihrer Kunst, nachbarschaftliche Intrigen zu spinnen, sein Leben dort unmöglich gemacht, hätten sie von dieser Liebschaft Wind bekommen.

Zum Glück aber war ja alles nur Phantasie, kein bisschen war wahr. Waldi war sich noch nicht einmal sicher, ob Michaela irgendetwas von seinen Phantasien erahnte.

Eines Tages sah er sie ganz lange. Sie zog Unkraut, während er sein Raumschiff programmierte.

Soweit Waldis durch Jägermeister getrübte Erinnerungsfähigkeit stimmte, hatte er nie sonderlich viel erotische Phantasie bezüglich Michaela entwickelt. Er befriedigte sich mit seinem Raumschiff, mit seiner Hand und dem Jägermeister - ohne Gedanken an Michaela.

Es gibt so etwas wie kosmische Einsamkeiten, Einsamkeiten, die einen hart treffen können. Sie trafen Waldi sehr hart. Es gibt die Einsamkeit in der Kleinstadt, die Einsamkeit in der Straße, wenn ein Straßenfest der eigenen Straße angesagt ist und man nicht hingeht, weil der Versuch, in der Menge unterzutauchen, ein verzweifelter wäre.

Waldi war verzweifelt, denn in seiner Straße war ein Straßenfest angesagt, und er hatte kein funktionstüchtiges Raumschiff, um in die Weite der Galaxis zu entfliehen. Es wäre der richtige Tag gewesen. Er war der einzige von Hasberg, der jemals ein funktionstüchtiges Raumschiff besessen hatte.

Wie gerne hätte er sich in seine Kugel gesetzt und wäre zu geheimnisvollen Plätzen in der Galaxis geflogen um in einer ausgewählten Gesellschaft Strippoker zu spielen.

Der Tag hatte schon etwas aufreibend begonnen mit Träumen, die ihm nicht ganz geheuer waren. Er war mit seinem Vater in einer katalanischen Berglandschaft. Sie stapften ins Unbekannte, ein Ort mit etwas Industrie, und dann dieser Friedhof. Es war recht surrealistisch.

Schon wieder ein Traum über Grabstätten, nur dass ihm bei diesem nicht der Gedanke kam, er könnte in einem jener Gräber liegen. Obwohl auch fremd, versuchte er seinen Vater zu führen. Der Traum danach war brutal, chaotisch und Angst erzeugend. Waldi hatte soviel Angst, dass er nach einer kurzen Schrecksekunde des Wachseins das Traumerlebte wieder vergaß.

Und anschließend träumte er von Miriam. Es war ein langer Traum mit einer Geschichte, die er danach nicht mehr hätte erzählen können. Es war kalt gewesen. Nur eins machte ihn stutzig: Es war die Zeit, in der Jokers Party angesetzt war. Er wusste nicht, ob dieses Wochenende eines der letzten oder eines der nächsten vor der Fete war.

Nach seinem Frühstück suchte er die Einladung, und siehe da, es war der heutige Tag. Er hatte Miriam, Jokers Exfreundin, schon seit Jahren nicht mehr gesehen. Ausgerechnet an diesem Tag von ihr zu träumen, konnte für Waldi nur bedeuten, dass Siegmund Freuds Theorien über den Traum zumindest teilweise Hand und Fuß hatten.

Das war schön, aber auch so ungefähr das einzige, das an diesem Tag schön war. Es kamen ja noch andere Tage! Jedenfalls kam zu dieser Zeit Jokers Fete auch nicht in Frage. Es war eine harte Zeit.

Nach dem Frühstück trank Waldi ein Gläschen Jägermeister. Und das ernüchterte ihn. Wieso trank er überhaupt Jägermeister? Einige andere Getränke hatten doch mehr Stil, ein guter Whisky aus Schottland zum Beispiel oder ein trockener Wein, rot oder weiß.

Es gab da auch noch diverse andere Getränke, die er bei den Gesprächen mit den kosmischen Philosophen gekostet hatte. Im Grunde war Waldi abergläubisch. Irgendwann hatte er einen absonderlichen Traum gehabt, der von einer Gang kleiner grüner Marsmännlein gehandelt hatte, die Supermärkte überfielen, um Jägermeister zu stehlen. Dabei hatten sie einige logistische Probleme zu überwinden, da auch die kleineren Jägermeisterflaschen die Größe ihrer Raumschiffe übertrafen.

Er war Zeuge einer ausschweifenden Fete gewesen, auf der Filme von Hasberg, von Fanny, von Meister Proper und all seinen früheren Freunden gezeigt worden waren. Das Härteste war eine Penetrationsszene, in der Meister Proper Fanny von hinten nahm. Waldi hatte Fanny höchstens ein - oder zweimal von hinten genommen. Sie wollte das eigentlich nie. Doch hier unterwarf sie sich Propers Wünschen. Sie schrie erbärmlich; jedenfalls kam es Waldi so vor.

Die Schlüsselszene des Traums war ein Ausspruch eines der Marsianer, den sie Egon nannten: "Das ist ja nur mit Jägermeister auszuhalten. Eine Runde für alle!" Das war zu einer Zeit, als Waldi noch keine kosmische Expedition unternommen hatte, als er sein Raumschiff aus Pappe noch erträumte.

Später flog er am Mars vorbei, konnte aber keinerlei Anzeichen einer marsianischen Jägermeisterkultur entdecken. Der Planet war einfach wüst und rot. Er konnte sich keinen Reim auf diesen Traum machen. Er hatte noch nie in seinem Leben Jägermeister getrunken. Wieso sollten Marsianer Jägermeister trinken? Wieso sollten Millimeterlinge mit grüner Farbe, einer etwas anderen Anatomie und einer für ihn nicht auszumachenden Individualität seine Fanny auf Feten voyeuristisch begutachten? Er hatte oft vom Universum getagträumt, um seine Zukunft oder vielleicht auch seine Vergangenheit zu verändern.

Der Mars hatte in seinem Leben keinen besonderen Platz. Obwohl universell interessiert, verband Waldi mehr einen Schokoladenriegel damit. Ein Jägermeister und ein Marsianer hatten nur eins gemeinsam, sie waren beide grün, wenn die konventionelle Vorstellung stimmte, die man von deutschen Jägern und von Marsianern hatte.

In seiner Vorstellung hatten Marsianer zwei Antennen am Kopf, und kein Mensch wusste, wozu die gut waren. Das abgebildete Wild auf der Jägermeisterflasche trug ein Geweih, das von einem extraterrestischen Beobachter als Fernsehantenne interpretiert werden könnte. Waldi war sich sicher, dass hier irgendwo der geheimnisvolle Zusammenhang zu suchen sei.

Und Fanny war auch grün, manchmal auch hinter den Ohren. Fanny war das provokante Sexsymbol der grünen Bewegung in Hasberg gewesen. Sozusagen eine grüne Sexgöttin, die mit ihrem spirituellen Sex die Hasberger Grünen über die fünf Prozent hievte. Aber das war längst Geschichte.

Meister Proper hatte zwar nichts mit der grünen Bewegung zu schaffen, zu dürftig schienen ihm die Chancen, mit ihnen Karriere machen zu können oder Bundeskanzler zu werden, aber seine Namensvettern waren alle auf grünen Flaschen abgebildet.

Bei soviel Einsicht über den grünen Zusammenhang beschloss Waldi erst einmal, keine Wochenendausflüge ins Grüne zu machen. Aber was hatte das rätselhaft strahlende Kreuz auf der Jägermeisterflasche zu suchen? Eingeweihte wissen, dass dies etwas mit der finsteren Organisation "The Cross" zu tun hat.

Irgendwann hatte Waldi vom Planeten Tuinanapotl geträumt und davon, wie dieser verzweifelt gegen die übermächtige Organisation "The Cross" ankämpfte. Dieser Traum erreichte ihn gerade in einer Persönlichkeitsphase, in der Träume keinen Platz hatten, er ihnen keine Bedeutung beimaß.

Es war praktisch, bei solchen Träumen konnte man einiges Geld sparen, das sonst für Science-fiction draufgegangen wäre. Im allgemeinen schätzte Waldi seine Fähigkeiten, doch wusste er manchmal nicht, wie er die Bilder und Geschichten zu bewerten oder zu interpretieren hatte. Die Träume hatten etwas mit seiner Realität zu tun, soviel war sicher.

Mit der Geschichte um den Planeten Tuinanapotl konnte er gar nichts anfangen, aber trotzdem, vergaß er sie nicht, und irgendwann inspirierte sie ihn, einen Materiesender zu konstruieren. Die Mobilität dieses Verkehrsmittel war allerdings beschränkt und ungewiss, denn kein Mensch hätte ihm sagen können, wie viele Empfangsstationen im Universum existierten.

Da er sich in seinen weiteren Bemühungen außerstande sah, eine funktionstüchtige Zeitmaschine zu konstruieren, verlegte er seine Anstrengung darauf, ein bewegliches Raumschiff zu erfinden. Wir kennen das Ergebnis. Das Kreuz auf der Jägermeisterflasche lag in einer runden Form, die entfernt an einen Fesselballon oder eine Birne-Apfel-Kreuzung erinnerte. Waldi hätte gerne gewusst, was das alles zu bedeuten hatte. Den ganzen Traum auf die Farbe Grün zu reduzieren, war ihm zu einfach, um nicht zu sagen, zu blöd. Jägermeister stand auf einem roten Rechteck.

Waldi war sich nicht im klaren, wie er sich in die Tiefenpsychologie der Marsianer versetzen konnte. Das Problem wurde dadurch noch eine Spur schwieriger, dass die Marsianer Traummarsianer waren. Sie entsprachen in ihrem Aussehen traumhaft der Vorstellung, die man sich vom Marsianer macht. Bis auf die zu klein geratene Körpergröße. Wie sollte er sich in die Psychologie seiner Projektionen hineinversetzen?

Er hatte keine Ahnung, und da er dies wusste, machte er sich in die Stadt auf, in der an diesem Tag nasskaltes Frühlingswetter herrschte. Zielstrebig steuerte er die Fußgängerzone an, in der sich der einzige Buchladen von Hasberg befand.

Die Tatsache, dass sich nur ein Buchladen in Hasberg befand, gab ihm nicht sonderlich zu denken, sollten sich doch darüber die Theoretiker des Kapitalismus Gedanken machen. Es gab keine Konkurrenz. Würde man aber in die Nachbarstadt zu irgendeinem Buchladen fahren, würde man feststellen, dass man für die gleiche Zeitschrift oder das gleiche Buch exakt den gleichen Preis bezahlen müsste. Wie war das im Kapitalismus möglich?

Auf dem Weg zum Buchladen fand Waldi zwar keine Jäger, aber am Wegesrand mehrere leere Flaschen Jägermeister, und das gab ihm zum ersten Mal zu denken. Er wusste nicht, ob ihm jemals leere Jägermeisterflaschen auf Bürgersteigen aufgefallen waren. Fortan fand er Jägermeisterflaschen in den unmöglichsten Situationen, an vollkommen unerwarteten Stellen.

Die Erklärung wäre recht einfach gewesen. Zu jenen Zeiten war der Alkoholismus wieder ein weit verbreitetes Übel, und die kleinen Flaschen Jägermeister zählten zu der Gattung Flachmänner, die man überallhin mitnehmen konnte. Er fand Jägermeisterflaschen auf öffentlichen Toiletten und in den einsamsten Waldgegenden.

Waldi suchte einmal eine bestimmte Blume, deren Blütentee gut gegen Heuschnupfen sein sollte. Er ging über große, einsame Waldwiesen, doch er konnte auch nach stundenlangem Suchen keine dieser Blumen finden. Es waren sehr kleine Blumen. Irgendwann sprang dann eine leere Flasche Jägermeister in seine Augen, und siehe da, in unmittelbarer Nähe wuchsen diese Blumen gegen Heuschnupfen. Das war mit Abstand das Mysteriöseste, was ihm mit Jägermeisterflaschen passierte.

Jägermeisterflaschen in der U-Bahn, auf Klos, auf dem Friedhof, unter Straßenbahnsitzen, auf Briefkästen, und manchmal stand eine vor der Haustür. Aber wir nehmen zuviel vorweg.

In dem Buchladen verlangte er eine Ausgabe von Freuds Traumdeutung. Das ihn bedienende, dunkelhaarige Mädchen fragte: "Wollen Sie die gebundene Ausgabe oder die Taschenbuchausgabe?" - "Die Taschenbuchausgabe bitte!" Waldi war damals in allen Lebenslagen sparsam, so waren denn auch einige Fehlentscheidungen in seinem Leben erklärbar.

Der Traum hatte natürlich seine Härte. Sex zwischen Fanny und Meister Proper, das war sehr hart für ihn, und so traf er die größte Fehlentscheidung in seinem Leben: neben dem Buch kaufte er sich eine große Flasche Jägermeister und besoff sich tierisch.

Valerie und Fanny tranken Kaffee und aßen Kuchen. Valerie gab Fanny hin und wieder ein paar Styling-Tips. Sie hatte ihren Traumberuf Typberaterin knapp verfehlt. Fanny übte halbtags einen ihrer Traumberufe aus, sie verkaufte Bücher. So konnte sie wiederum Valerie ein paar gute Tips geben, denn diese war meist auf der Suche nach neuem Lesestoff. Die Quelle Waldi war erschöpft, und keiner wute genau, wo er überhaupt steckte.

"Möchtest du Waldi einmal wiedersehen?" fragte Valerie Fanny. Die lächelte, und der frisch aufgetragene Lippenstift, der nicht ganz zu ihrem Typ passte, kam dabei gut zur Geltung. Die Farbe des Lippenstiftes war es, die Valerie auf ihr Thema gebracht hatte. Waldi verstand es ja überhaupt nicht, sich anzuziehen. Nur manchmal hatte er es verstanden, sie angenehm zu überraschen. Die Möglichkeiten seiner Wahl waren zwar sehr eingeschränkt, aber er konnte Valerie wirklich eine Freude machen, wenn er mal passende Klamotten trug. Sie hatte ihm ein paar schöne Kleidungsstücke gekauft, die er ihr zuliebe öfter trug. Das erzählte sie Fanny.

Fanny war ehrlich: "Er hat mir immer gut gefallen. Er war einmal der schönste Junge der Welt für mich."

Valerie versuchte ein Nasenrümpfen zu vermeiden. Schön war der wirklich nicht gewesen, da hatte sie schönere gehabt. "Er hätte etwas aus seinem Typ machen können. Ich wollte mal Typberaterin werden."

Fanny zog sich ins Badezimmer der Wohnung zurück, zog ihre Augen nach, ihren silbernen Lidschatten, und dann war das einer der seltenen Momente, in denen sie Lippenstift auftrug.

Als sie zurückkam, fragte sie Valerie scherzhaft: "Habe ich meinen Typ getroffen?" Der Lippenstift passte ganz und gar nicht zu der Farbe ihrer Bluse, es sei denn, sie wollte etwas schrill wirken.

"Sei mir nicht böse, Fanny", antwortete Valerie deshalb, "aber dein Lippenstift liegt voll daneben" Sie ging ins Bad um einen geeigneten zu suchen, denn sie hatte eine große Sammlung von Lippenstiften, während Fanny nur ein oder zwei Lippenstifte hatte.

Es war natürlich keine einfache Aufgabe. Fanny war ja ein ganz anderer Typ als sie selbst, hatte dunkle Haare und dunkle Augen, das Gesicht war klein und eher schmal. Ihre eigenen Augen waren leuchtend blau und ihr Haar wuschelig und rot. Ihr kleines Gesicht wirkte etwas dreieckig, war aber dennoch schön anzuschauen.

Die Nase von Fanny gab ihrem Gesicht eine gewisse Schärfe, und der mandelförmige Strich ihres Kajalstiftes konnte dieses nur unterstreichen. Valerie fand einen Stift von Elisabeth Arden, der zu Fannys gegenwärtigem Aussehen passen konnte. "Schau mal, Fanny, der könnte heute für dich der richtige sein."

Fanny ließ sich nicht lange bitten, sondern verzog sich sogleich wieder ins Bad, um die neue Farbe aufzulegen. Zufrieden kehrte sie zurück. "Gut so?" - "Perfekt!" Sie begannen nun, ihr Gespräch über Waldi fortzusetzen. Nein, für Valerie war Waldi kein gut aussehender Mann, er war der liebe Typ, den sie eine Zeit lang gebraucht hatte.

Die beiden Frauen hatten Waldi in ganz unterschiedlichen Phasen seines Lebens kennengelernt. Valerie kannte ihren Waldi als Alkoholiker und Weltraum erfahren, wie er sagte. Das tat sie aber als eine seiner Psychosen ab. Von wegen Weltraum erfahren, Jägermeistererfahrung konnte Waldi vorweisen.

"Zu meiner Zeit hatte Waldi die Fähigkeit, auf den Herbst zu warten, um in den Wäldern kleine Rauschpilze zu suchen", sagte Fanny. "Das kam aber nicht so häufig vor, nur ein paarmal in jenem Herbst. Hin und wieder konnte ich ihn verführen, einen Joint mit mir zu rauchen. Er wollte dann immer Liebe, ich aber nicht. Getrunken haben wir praktisch nie. Einmal haben wir Haschkekse gegessen und da ist er richtig auf den Horror gekommen. Er hat sich eingebildet, er könnte mich von einem Moment auf den anderen umbringen, erwürgen. Während des Rausches hatte er die ganze Zeit diese Vision. Es war zur Karnevalszeit. Er hatte immer wieder dieses Bild vor Augen, und das hat ihn sehr geängstigt."

"Ähnliche Visionen hatte er am Anfang in unserer Beziehung, nachts, wenn er nicht schlafen konnte", bestätigte Valerie. "Er hat mir das aber nicht direkt erzählt."

Valerie bot weiteren Nusskuchen an. Es war kurz vor dem Moment, in dem sie Fanny auf ihren Busen ansprechen würde.

Sie hatte plötzlich das Bedürfnis nach etwas Musik, und als ihr ein Song von Marilyn Monroe in den Kopf kam, stellte sie sich vor, wie Fanny zu dieser Musik tanzte. Sie war nicht lesbisch, hatte aber bei der Vorstellung, die etwas ältere Frau tanzen zu sehen und ihren Busen zu betrachten fast ein Gefühl von Geilheit im Bauch.

Soviel Amaretto, um in solch ausgelassene Stimmung zu geraten, hatte sie doch noch gar nicht getrunken. "Kennst du Marilyn Monroe?" Fanny verstand nicht so ganz, was die Frage sollte. Natürlich kannte sie Marilyn Monroe. Also nickte sie kurz. Valerie nahm ihre Marilyn-Monroe-Platte aus ihrem Plattenschrank. "Komm, lass mal deinen Busen anschauen" sagte sie dann, während sie die Platte auf den Plattenspieler legte, und es kam zu der ersten erotischen Begegnung zwischen Valerie und Fanny.

Valerie hatte schon immer gefunden, dass Frauen besser ausschauten als Männer, aber die Erregung, die sie nun ergriff, als Fanny ihre Bluse auszog und sie auf deren BH starrte, war ihr fremd. War sie also doch lesbisch? Den Gedanken hatte sie immer weit von sich gewiesen, denn all die gut aussehenden Frauen hatten ja nicht dieses harte Ding, das so schön brutal in ihr rummachen konnte.

Fanny hatte Erfahrung mit Frauen, allerdings nicht so viel, dass man sie als ausgesprochen bisexuell geneigt hätte bezeichnen können. Aber diese Erfahrungen waren der Nährboden für zeitweilige Gelüste auf Frauen.

Sie konnte auch auf Frauen abfahren. Es kam quasi natürlich und wäre auch vielleicht unaufgefordert passiert, aber Valerie forderte sie nun mal auf: Strip mal! Fanny konnte gut strippen, geil strippen, aber sie hatte das bisher nur in Gegenwart von Männern getan. Diese kreisenden Beckenbewegungen waren zwar speziell für Männeraugen und Männerschwänze gedacht, um die Aufmerksamkeit auf das Teil an ihr zu lenken, das wilde Erregung versprach und aufbaute, aber anscheinend konnten Frauenaugen dem Ganzen auch Lust abgewinnen.

Es war wirklich mehr ein Striptease als ein Tanz. Fanny tanzte so gut wie nie, ganz im Gegenteil zu Valerie, die für ihr Leben gern tanzte. Wenn sie strippte, war dies mehr Tanz als Striptease. Sie konnte es nicht unterlassen, bei diesen erotischen Darbietungen ihr tänzerisches Können zu zeigen.

Fasziniert schaute sie Fanny zu, wartete darauf, dass Fanny ihren BH auszog, und lächelte sie begeistert an, als diese endlich ihre Brüste freigab. Nun ließ sie es sich nicht nehmen, ebenfalls zu tanzen, und zeigte Fanny, wie man zu Marilyn Monroe tanzte. Sie zog das T-Shirt aus, und Fanny wurde klar, dass Waldis zweite Frau einen ähnlichen Busen hatte wie sie selbst.

Sie hatte immer Probleme mit ihrem Busen gehabt. Waldi hatte mal etwas Verkehrtes darüber gesagt, und auch spätere Beteuerungen, sie habe den schönsten Busen der

Welt, konnten diese verletzenden Worte nicht wettmachen.

Im Grunde war die Ähnlichkeit nur äußerlich. Fanny war gegenüber ihrem Busen überempfindlich, sie mochte es nicht, wenn dieser beim Liebesspiel liebkost wurde, während Valerie manchmal mit ihren Brüsten ihre Liebhaber schlug. Waldi konnte davon ein Lied singen.

Man konnte ihre Brüste fest in die Hände nehmen, und sie genoss es, wenn Waldi mit seiner Zunge, mit seinem Mund diese liebkoste. Gleiches ist eben nicht wirklich gleich! Fanny hatte ihre Wirkung auf Valerie bemerkt, und sie hatte nicht die geringste Hemmung, nun auch ihren Rock auszuziehen. Schwups lag das kleine schwarze Ding auf dem Boden. Sie hatte wirklich einen klasse Hintern.

Ohne Zeugen spielte sich dieses tänzerische Vergnügungen ab. Waldi befand sich in einem entfernten Teil des Spiralarmes, Egon verbrachte seinen Urlaub auf den Bahamas. Das erotische Erlebnis beider Frauen war auch in keinen Zusammenhang mit Politik zu bringen; inwieweit Egon Kompetenzen überschritten hätte, wenn er oder seine Überwachungsgeräte Zeuge des Vorfalls geworden wären, hätte allerdings kein Marsianer sagen können.

Egon war gewissermaßen Fan von Fanny geworden, und in einem Anflug von Jägermeisterrausch hatte er das Gefühl, sich in ihre Sexualität, in ihr Leben hineinversetzen zu können. Er kannte nun Fanny ungefähr zehn Jahre. Ab und zu bedauerte er es, mit ihr keinen Geschlechtsverkehr haben zu können. Solche Gelüste auf derartige Perversionen konnte er natürlich auf seinen Jägermeisterfeten nicht offen kundtun.

Bei diesen Anlässen verbarg er seine geheime Leidenschaft für Fanny in seinem Gekreische, das so oft noch das der anderen übertönte, gab es auf den Feten Neues von Fanny zu sehen und zu hören. Egon schämte sich. Wie viele Workaholics konnte er in seiner Freizeit nicht von seinem Job lassen. In seiner Unterkunft auf den Bahamas, die von einem marsianischen Spitzenunternehmer für Touristik aufgebaut und eingerichtet worden war, schaute er sich Videos von typischen Urlaubsszenerien an.

Er war etwas einsam, bisher hatte er keine Urlaubsbekannte gefunden. Bei typischen Marsianern schienen die Bahamas keinen hohen Stellenwert zu besitzen. Einmal hatte er einen anderen Marsianer auf den Inseln getroffen, der ihm aber zu bekloppt erschien, um einen weiteren Kontakt mit ihm zu pflegen. So verbrachte er die Tage auf den Bahamas mit Sonne, Meer, Sand, Jägermeister und Spannen. Er machte viele Aufnahmen.

2.

Waldi war auch einsam. Mit einem beschlagenen Philosophen, der in der Nähe von Beteigeuze wohnte, führte er ein fruchtloses Gespräch über die Realität und den Sinn seiner Strippokererlebnisse. Gewiss wäre er gerne bei dem Treffen von Fanny und Valerie dabeigewesen, hätte er eine Ahnung davon gehabt, aber auch nicht der verdeckteste Teil seines Unterbewusstseins hätte sich solch eine Möglichkeit erdacht.

In seinen einsamen Nächten dachte er unentwegt an Valerie, wie sie sich das letzte Mal gehabt hatten, und seine Hand war nicht gerade untätig.

"Genau das ist der Beweis, dass deine Erlebnisse mit Strippoker deiner Einbildung entstammen, sonst würdest du andere Wichsphantasien haben", meinte der Philosoph. Das machte Waldi nachdenklich. Tatsächlich verblasste die Erinnerung an seine erotischen Erlebnisse in der Galaxie schneller als die, die er mit Valerie auf der Erde erlebt hatte.

Vielleicht weil er Valerie immer noch liebte, ihr Bild schon länger vor Augen hatte, sie lange kannte, während die Pokerpartien eine flüchtige Begegnung darstellten, höchst erotisch, aber auch höchst flüchtig. Valerie hatte er drei Jahre geliebt, sie hatte einen tollen Hintern, das musste er dem Philosophen klarmachen. Sie wäre im kosmologischen Strippoker höchst willkommen gewesen.

Waldi legte sich seine Argumente zurecht, um den Philosophen zu widerlegen. Dieser aber war nicht so leicht kleinzukriegen. Er hörte sich geduldig Waldis Ausführungen an, beharrte jedoch unbeirrt auf seinem Standpunkt. "Schau mal, Waldi",sagte er, "das ist ein Illusionsschirm.

Er zeigt nahezu undenkbare Situationen, die wir uns nie erträumen würden. Es sind Illusionen!"

Er schaltete das Gerät ein. Auf dem Bildschirm gabs geradezu Unglaubliches zu sehen. Waldi sah das Wohnzimmer von Valerie, und in diesem Wohnzimmer von Valerie tanzte eine spärlich bekleidete Valerie und eine weitere Frau, die er auf den ersten Blick nicht erkannte. Nein, das war ja Fanny! Wie lange hatte er Fanny nicht mehr gesehen? Und sie war ebenfalls nur spärlich bekleidet.

War dieser Philosoph etwa ein galaktischer Zauberer, der sich als Philosoph getarnt hatte? Gerade im rechten Moment vergrößerte der Philosoph den 36cm Bildschirm auf Heimkinogröße. Die Leinwand rückte allerdings dabei etwas zurück. Waldi erkannte die Musik. Es war ein Lied von Marilyn Monroe. Ein Psychologe wäre nicht in der Lage gewesen, Waldis Verfassung zu analysieren.

Jedenfalls war Waldi gebannt. Es war gerade der Moment gekommen, als Fanny besonders expressive Bewegungen mit ihrem Becken machte und ihren Hintern auf die tanzende Valerie ausgerichtet hatte, die auch nur noch einen Slip trug, einen dunkelblau seidenen. Jetzt griffen Fannys Hände nach ihrem Höschen, um es hinten runterzuziehen.

Seit zehn Jahren schaute Waldi zum ersten Mal wieder auf die Ritze und die Arschbacken von Fanny. Der Philosoph meinte: "Ist das nicht überzeugend? Die Illusion ist perfekt!" Fanny zog das Höschen gekonnt runter, streifte es über ihre Pumps.

Was jetzt geschah, war unglaublich, ungeheuerlich für Waldi, selbst für Valerie. Mit den pornographischen Bewegungen, die sich ein Choreograph ausdenken konnte, vermochte sie Valerie anzumachen.

"Warum machst du das?" fragte Valerie lächelnd. "Vielleicht sieht ja Waldi zu. O ja wirklich, ich habe das Gefühl, Waldi sieht zu."

Das darauffolgende kannte Waldi schon. Fanny ergriff sich von irgendwo ein gesticktes Deckchen, um ihre Beckenbewegungen zu verhüllen.

"Du bist ja ein Profi", kreischte Valerie, die zum ersten Mal von einer Frau verursacht nass zwischen den Schenkeln wurde.

Es war ja nicht ganz korrekt: über Funk aktivierte Egon die Überwachungsanlage Fanny und sah zwei strippende Frauen, eine davon war Fanny. Er goß sich weiteren Jägermeister nach.

Waldi fragte den Philosophen, ob dieser etwa zu trinken hätte, doch der hatte selbstverständlich keinen Jägermeister. Es ertönte inzwischen River of no Return. In diesem Augenblick ließ sich Valerie auch nicht lumpen und zog mit gekonnt erotischer Bewegung ihr Höschen aus. Die eine Frau hatte einen dunklen Bären, die andere einen hellen.

Egon, Waldi und der Philosoph wurden nun Zeuge eines heißen tänzerischen Finales, eines erotischen Showdowns, bis sich irgendwann die Frauen in die Arme fielen und sich hemmungslos küssten. Waldis Frauen verstanden immer die Kunst des Küssens. Fanny griff mit der rechten

Hand nach Valeries prachtvollem Hintern und schloss dabei die Augen.

Auch Valeries Hand griff nun nach Fannys Hintern. Es war die Frage, welche Hand sich zuerst zu der Muschi der anderen vortasten würde. Waldi war entsetzt und erregt. Es war wieder Fanny, die den ersten Schritt tat. Ihre Finger begannen Valerie zu stimulieren. Diese gab leise Lustlaute von sich, was von allen Beobachtern als Zeichen des Einverständnisses gewertet wurde. Die Lustlaute wurden stärker, auch Valerie hielt sich nun nicht zurück.

Jeder konnte sich denken, wie es weitergehen würde. Waldi war entsetzt, Egon vergnügt. Der Philosoph konterte, dass auch Illusionen ihre Berechtigung und Folgerichtigkeit hätten.

"Das ist keine Illusion", sagte Waldi, das ist auch keine Pornographie, das ist Realität. Kann Realität Pornographie sein?" Er schaute auf die Wanduhr in Valeries Wohnzimmer, die exakt die gleiche Uhrzeit anzeigte wie seine Armbanduhr. Er vermied es immer, seine Uhr auf die jeweils lokalen Zeitzonen einzustellen.

Dieser Striptease war keine Aufzeichnung, nichts Inszeniertes, es war eine Direktübertragung weiblicher Ausgelassenheit, die ein paar hundert Lichtjahre entfernt sich entfesselte. Erotikwellen mit endlichen Ausbreitungsgeschwindigkeiten würden in einigen Jahrzehnten auch diesen Planeten erreichen. Sensible Aufzeichnungsgeräte könnten das Ereignis registrieren.

Die Szenerie war nicht gestellt, also war es keine Pornographie. Pornographie war Illusion oder zumindest zum

Teil. Dies hier war keine Illusion, also auch keine Pornographie. Waldi nahm einen kräftigen Schluck. Er wusste überhaupt nicht, warum er sich über Pornographie Gedanken machte, er war entsetzt. Er nahm noch einen kräftigen Schluck.

Der Philosoph ignorierte die emotionalen Schwierigkeiten von Waldi, statt dessen faselte er, dass Illusionen täuschend echt wirken könnten. Er gab nicht zu erkennen, dass ihn die Tanzszenen irgendwie erregt hätten, und Waldi war zu sprachlos, um ihn danach zu fragen. Egon konnte nicht entscheiden, welcher Po schöner war. Er war fasziniert von diesen Ärschen. Den einen kannte er ja recht gut. Die Hinterteile brachten ihm immer wieder Erregungsschübe, reichlich pervers für einen Marsianer.

Bisher hatte er diese Perversionen vor seinen Freunden und Kollegen verheimlichen können. Keiner von denen konnte verstehen, dass er seine Ferien auf den Bahamas verbrachte statt auf den so beliebten marsianischen Rodelbahnen. Er erfreute sich einfach an den braungebrannten Tangaschönheiten, spionierte in den luxuriösen Hotelzimmer nach Liebe. Dennoch war er einsam, nicht ohne Grund schaute er sich wieder Fanny an. Er mochte sie, wenn es nicht Liebe war. Er erfreute sich daran, wenn er sie bei ihren Liebschaften beobachten konnte. Er war nicht eifersüchtig, ganz im Gegenteil, er freute sich immer darüber, wenn sie neue Abenteuer bestand.

Valerie löste sich von Fanny und forderte sie auf, mit in ihr Schlafzimmer zu kommen. Dies war die Zeit, in der die Galaxis von einer Wolke durchquert wurde, die ihre gesamte Bevölkerung für einige Wochen um zwanzig Prozent dümmer machte. Die Wolke dachte sich dabei nichts böses. Ihr Tun lag in ihrer Natur, war vollkommen unbeabsichtigt und quasi Nebenprodukt ihres Balzgesangs, den sie mit ihrem Schwarm, einer ähnlichen Wolke, die gerade den Andromedanebel verließ, gemeinsam trällerte.

Die allgemeine Dummheit wurde natürlich nicht bemerkt, weil ja alle dümmer waren. Die Psychologen wunderten sich etwas, dass bei ihren ausgeklügelten Intelligenztests keiner mehr ausgesprochene Spitzenergebnisse brachte, ja dass viele mies abschnitten. Jeder der Psychologen tat dies als statistische Fluktuation ab. Man machte sich wenig Gedanken darum, die aber nun ohnehin nicht ausreichten.

Egon wunderte sich etwas, dass er mehr als üblich Probleme mit der Bedienung der komplizierten Geräte hatte; er konnte sich das nicht erklären. Seine Geilheit aber war ungebrochen, und das war wohl die Hauptsache. Valerie hatte sich nicht an die Kuchenrezeptur erinnern können, und Fanny hatte sich zweimal verfahren.

Die Worte des Philosophen klangen besonders zweifelhaft, und sein gewohnter Redefluss wollte nicht eintreten. Er sagte sich, dass die Schwierigkeiten des Themas wohl eine besondere Bedachtsamkeit mit sich brachten. Waldi war sprachloser und entsetzter denn je, und, was ein großes Zeichen von gesteigerter Dummheit war, er soff mehr denn je. Die Frauen kicherten wie unerfahrene Schulmädchen, bevor sie anfingen, sich zu lecken.

Von den hier genannten fünf Betroffenen konnte man durchaus behaupten, dass sie mit überdurchschnittlichen Gaben ausgestattet waren. Nun ja, bei Waldi konnte man seine Zweifel haben. Er besaß aber durchaus besondere Fähigkeiten, sich in Schwierigkeiten zu bringen, besondere Fähigkeiten, Unmengen von Jägermeister zu trinken, ohne sich übergeben zu müssen, und manchmal hatte er gute Ideen, was den Raumschiffbau betraf. Seine Strategie beim Strippoker erforderte einiges an Einfühlungsvermögen.

So war dieses Quintett von der Verdummungswelle zwar betroffen, aber besondere Peinlichkeiten bereitete sie ihnen nicht. Immer noch geschickt bewegten Valerie und Fanny ihre Zungen, befeuchteten damit ihre erogenen Stellen. Valerie hatte noch nie an einer Muschi geschleckt. Wie all die Exfrauen von Waldi waren Valerie und Fanny peinlich saubere Wesen. Es schmeckte den beiden, dies war etwas, was ihre Lust, ihre aufkommende Ekstase steigerte. Sie kamen so gut wie gleichzeitig.

Waldi versuchte wegzugucken, er wusste aber nicht, zu welcher Seite er sich wenden sollte. Dieses Problem machte ihn etwas stutzig. Der Philosoph hatte erkennbar einen stehen, gestand sich aber die Realität des Ständers nicht ein und bereitete sich darauf vor, auf etwaige dumme Bemerkungen von Waldi die Illusionsdebatte exemplarisch an Hand des eingebildeten Ständers fortzusetzen und in diese Richtung abzulenken. Er erwartete doch wohl nicht, dass Waldi, um den Gegenbeweis anzutreten, Hand anlegen würde. Waldi hatte auch einen Ständer, den er sich auch nicht eingestehen konnte, zu schockiert war er von den Vorgängen in Hasberg.

Fanny fragte Valerie, ob sie sich eine Zigarette anzünden dürfte. Sie versuchte, ihr Streben nach Zigaretten in letzter Zeit zu unterdrücken, hatte sich nach dem Kuchen eine verkniffen, aber nach Sex war Nikotin obligatorisch. Auch Valerie war so aufgelöst, da sie nichts dagegen hatte, dass in ihren Heiligtümern ein krebserregender Glimmstängel verbrannte. Sie forderte einen Zug. Dann begann sie darüber zu sprechen, wie unbefriedigend ihr Sex mit Waldi in den letzten Monaten doch gewesen sei.

Waldi hätte am liebsten weggehört. Fanny griff Valerie in ihre wuscheligen Haare, versuchte ein neues Liebesspiel einzuleiten, aber da war noch ihre Zigarette, die aufgeraucht werden sollte.

Waldi fragte den Philosophen, ob er Zigaretten hätte. Der verneinte, verwies aber auf den Zigarettenautomaten um die Ecke. Er gab Waldi das nötige Kleingeld, setzte dies auf dessen Rechnung, und Waldi löste sich von den Bildern, die sein Innerstes in Unruhe brachten.

Auf der Straße grüßten ihn freundliche Kehrmaschinen. Richtig, da vorne stand der Zigarettenautomat. Dieses Übel war irgendwie nicht auszurotten. Es war wohl im ganzen Universum verbreitet, obwohl auf jeder Packung die Warnung: "Zigarettenrauch erzeugt Husten" stand. Er zog sich eine Packung der Marke Spacecowboy, das weitverbreitetste Kraut in diesem Spiralarm.

Er beeilte sich, um nicht das Wichtigste zu verpassen. Er ahnte, was kommen würde. Nach ihrem befriedigenden Sex würden die Frauen über ihn loslegen.

Egon zündete sich seine dritte Zigarette an, Marsianerzigaretten, die grünen Rauch erzeugten. Es war doch alles wieder sehr spannend. Einen Moment lang hatte er vergessen, wie man sie anzündete.

"Was haben sie gesagt?", wollte Waldi nach seiner Besorgung wissen.   "Fanny hat sich ihre zweite Zigarette angezündet und hat   nochmals den Kuchen von Valerie gelobt" berichtete der Philosoph.   "War der wirklich so gut?" - "Ich mag keine Kuchen!"

Waldi bot dem Philosophen eine Zigarette an. Ein weitverbreiteter Unsinn, dieses Anbieten von Zigaretten. Waldi hatte sich mal darüber Gedanken gemacht, kam aber zur Zeit nicht drauf, zu welchen Ergebnissen er gekommen war.

Der Philosoph kicherte und griff nach der Spacecowboy. Waldi zog ein paarmal, es wurde ihm schlecht, und das nahm eigentlich vorweg, was sowieso kommen sollte.
Fanny kannte die Rentnerstellung nicht. Sie hatte später immer darauf bestanden, dass Waldi den Missionar spielte. Er griff dann mit seinen Händen unter ihren Po, nachdem sie mit ihren Händen seinen Schwanz an die richtige Stelle gebracht hatte. Erziehung ist alles. Er griff dann ihre Pobacken und versuchte mit dem bisschen Kraft, das er hatte, sie gegen sich zu pressen.

Valerie mokierte sich darüber, dass er ihre Muschi nicht fand, das war kein Mann. Ja, die Rentnerstellung war seine Lieblingsstellung, für mehr hatte er keine Phantasie. Fanny konnte die Kritik von Valerie nicht ganz nachvollziehen, hatte sie doch in jungen Jahren auch nur zwei Stellungen drauf gehabt, wobei sie meistens auf den Ritt nicht zurückkam und sich lieber missionarsmäßig stoßen ließ.

"Die Rentnerstellung kam seiner Mastubierstellung ziemlich nahe. Ich hatte manchmal das Gefühl, dass er nur wichste, und ich hielt still. Zu mehr als der Rentnerstellung war der doch meist nicht in der Lage."

"Was ist denn eigentlich die Rentnerstellung?" - Das hätte Egon auch interessiert. Der Philosoph verbarg sein Interesse, war er doch in ein gewisses Alter gekommen, wo bestimmte Praktiken angesagt waren.

"Ganz einfach", sagte Valerie, "man liegt nebeneinander, der Po der Frau dem Rentner zugewandt, und der bewegt sich langsam in ihr. Ich will Leidenschaft, Härte und Brutalität beim Sex, animalischen Sex. Ich will das Tier."

Waldi wurde blasser und blasser. "Dieser müde Sex macht doch keinen an. Bin ich eine Bedürfnisanstalt? Das härteste war ja, wenn ich scharf war, er aber jeden Sex zerredet hatte und anschließend ins Bett wichste. Es war ja schließlich einerlei für ihn, ob er seinen zu klein geratenen Schwanz in seiner Hand oder in mir rieb. Bei diesem leidenschaftslosen Bock empfand ich nichts mehr."

Waldi zündete sich die vierte Zigarette an. "Das ist nicht wahr", schrie er ins Universum.

"Sag ich doch", meinte der Philosoph. "Es ist eine Illusion. Um was wetten wir?"

Eine vom Nebel verschonte Ecke von Waldis Großhirn fragte sich, warum ihm vor lauter Jägermeister und Animalischem kein Geweih wuchs. Ja, irgendwann würde er dieses Geweih tragen und so animalisch ausgerüstet vor Valerie auftreten und ihr den Hirsch machen. Die blöde Kuh.

Der Philosoph fragte sich, wie ein Mann neben einer Frau, die einen geilen Fick wollte, wichsen konnte. Es musste eine Illusion sein. Aber langsam bekam er auch seine Zweifel.

"Ich konnte es nie haben, wenn er wichste. Zu seinen Phantasien spazierte dann Marilyn Monroe umher, und irgendwann hat er mir gestanden, dass bei seinen Rentnererlebnissen seine Marilyn ihn eigentlich befriedigte. Ich kam mir vor wie ein Wichsloch."

Waldi sagte zu dem Philosophen: "Sie war für mich wie Marilyn Monroe." Worauf der Philosoph meinte: "Ich wusste gar nicht, dass Marilyn Monroe rote Haare hatte." Waldi ließ diese Bemerkung unwidersprochen. "Ich wusste gar nicht, dass mein Waldi auf Marilyn Monroe stand." Fanny schüttelte den Kopf.

Die Wahrheit war: Waldi hatte sich Marilyn Monroe zugewandt, als er keine Chance mehr sah, Fanny zurückzugewinnen. Seine Affäre mit Marilyn hatte auf Umwegen begonnen.

Irgendwann, als er Miriam verehrte, entdeckte er bei ihr ein Bild von Marilyn, auf dem ihre Augen, ja vielleicht sogar der ganze Gesichtsausdruck ihn an Miriam erinnerten. Von da an teilte er mit Miriam ein süßes Geheimnis. Und so wurde Marilyn Monroe seine Geliebte in den Minuten vor dem Schlaf. Im übertragenen Sinne war Marilyn Monroe Miriam, eine Tatsache, die selbst einem betrunkenen Dadaisten Schwierigkeiten bereitete nachzuvollziehen.

Er sprach nie darüber zu Miriam und vermied es jetzt auch, den Philosophen aufzuklären. Er konnte sich nicht erinnern, ob er diesen Zusammenhang je Valerie gegenüber geäußert hatte. Valerie wusste mehr über ihn, als er sich vorstellen konnte.

Er wollte den Philosophen nicht zu seinem Sextherapeuten machen, er versuchte mehr, in ihm einen Kumpel zu sehen.

Der Philosoph hatte Marilyn Monroe nie gesehen, aber viel von ihr gehört. Hatte sie nicht den ersten Striptease im Moulin Rouge getanzt, wo sie vor aller Augen plötzlich ihre Brust entblöste und vor einem tobenden Publikum ihr nasses Höschen auszog, bevor die Sicherheitskräfte einschreiten konnten?

"Nein, die war das nicht", antwortete Waldi auf die Vermutungen seines Gegenüber, hätte es sich aber in einem Anflug von Phantasie gewünscht.

Fernab von der Erde und fern von der Zeit, wo solches hätte stattfinden können, stellte er sich vor, wie Marilyn den letzten gewagten Schritt unternahm, ihr nasses Höschen runterzog und dem Publikum ihren nicht unerheblichen Hintern in allen Posen zur Betrachtung darbot. Hatte sich das Publikum vorher schon nicht an ihren prachtvollen Brüsten satt sehen können, war es nun total außer sich. Die Monroe versäumte es auch nicht, ihre Beine zu spreizen, um den letzten anwesenden Spießern die Besinnung zu rauben.

Sie hatte einen Drehstuhl, auf dem sie sich schön räkeln wollte. Hunderte von Kameras blitzten auf, als sie breitbeinig den Hocker um hundertachtzig Grad drehte, und sie nun dem Publikum zugewandt war. Dann wurde sie verhaftet.

Waldi versuchte den Philosophen zu belehren. "Die Monroe war die berühmteste Schauspielerin und zugleich die mit der erotischsten Ausstrahlung. Zumindest hatte sie den bemerkenswertesten Po. Sie genoss es, ihren Körper in Szene zu setzen, und hatte immer darauf gehofft, dass Hollywood ihr gewagte Nacktszenen anbieten würde, aber sie war ihrer Zeit voraus. Flehentlich und vergeblich bat sie die Regisseure, wenigstens für ein paar Sekunden ihre nackten Brüste zu zeigen. Sie wollte in die Filmgeschichte eingehen."

Der Philosoph meinte: "Also das war Marilyn Monroe." "Ja, das war Marilyn Monroe." Waldi hätte nun die ungezählten erotischen Abenteuer, die er mit Marilyn Monroe im Geiste erlebt hatte, erwähnen können, aber er unterließ es. Einmal hatte er Valerie mit Marilyn betrogen. Es musste für Valerie ziemlich ernüchternd gewesen sein, als Waldi ihr eines Tages gestand, bei ihrem Geschlechtsverkehr an eine andere gedacht zu haben. Das beförderte ihren Tiefpunkt eine weitere Etage tiefer. Trotzig hatte sie erwidert, dass sie künftig versuchen würde, durch Gedanken an andere Männer geil zu werden, und es kam keine Gelegenheit für ihn zu sagen, dass es Marilyn Monroe gewesen sei, und dass Marilyn Monroe symbolisch für Valerie und Valerie für Marilyn Monroe stünde. Erst Wochen danach versuchte er die Dinge zurechtzurücken, aber da war es schon zu spät.

Die zwei Frauen wurden wieder sexuell aktiv. Als erstes versuchte Fanny Valerie mit ihrer Hand zu stimulieren, so wie sie es von Wölfchen gelernt hatte. Valerie stöhnte leise, es war wohl so, dass nur Männerschwänze sie zum Brüllen bringen konnten. Waldi hatte das unzählige Male geschafft oder zumindest veranlasst. Dann zeigte Fanny Valerie, wie Frauen miteinander schlafen können.

Nach einer Weile sah es für Waldi so aus, wie er es in einigen Pornoszenen schon einmal gesehen hatte. Konnte das erregend sein? "Oh, das ist erregend" schallte es im kosmischen Äther. Waldi wollte den Philosophen schon fragen, ob es Sinn hätte, weiter zuzuschauen. "Irgendwann wird es dir bewusst werden, dass es eine Illusion ist!" Waldi wünschte sich in diesem Moment, sein bisheriges Leben wäre eine Illusion gewesen und das wahre Leben würde fortan beginnen.

Ohne eine genaue Vorstellung zu haben, wie sein zukünftiges Leben aussehen könnte, wünschte er sich aber, es müsse erotischer aussehen als jene Illusion, die er immer für sein vertanes Leben gehalten hatte. Auf irgendwelchen Parties würde er Fanny und Valerie kennenlernen. Er würde sie auffordern, sich mit ihm in ein Separee zurückzuziehen, nachdem er die Partie Poker mit der Queen und der Tänzerin zu Ende gespielt hätte.

Er würde die Queen und die Tänzerin bis auf ihre Slips ausziehen, nein, er würde weitergehen. Fanny und Valerie gehörten zum Publikum, die den Spielern bei jeder gekonnten Spielaktion applaudierten und sich am Geschehen aufgeilten. So war dies bei den mondänen Parties, die der Besitzer des Spiralarmes gab.

Er würde der Gewinner des Abends sein. Irgendwann würde die vollbusige Queen, deren Körbchengröße Waldi entfallen war - es musste aber eine sehr beachtliche Zahl sein -, barbusig in die nächste Runde einsteigen müssen.

Der Philosoph unterbrach seine Gedanken. "Liebst du sie immer noch?" fragte der Philosoph. "Wen?" - "Marilyn Monroe!" - "Nein, ich liebe Valerie noch!"

Wäre er gefragt worden, ob er Fanny noch liebte, hätte er nicht die richtige Antwort gekannt, sicher aber dann, wenn er und Fanny drei Tage zusammengewesen wären. Zu lange hatte er Fanny nicht mehr gesehen. Aber er würde sie und Valerie ja erst kennen lernen. Die Zuschauer wurden blass vor Erregung, als die Queen ihr Oberteil ablegen musste. Diese Runde ging an die Tänzerin, die in der Vorrunde eine Perlenkette, ihr kleines Schwarzes und ein paar Ohrringe verloren hatte. Sie präsentierte sich dem Publikum standesgemäß in Pumps, halterlosen Strümpfen und einer wunderbaren Kombination, bestehend aus einem geschmackvollen BH und einem neckischen Minislip, der dem Publikum schon jetzt die knackigen Arschbacken freilegte.

Was das Publikum weniger interessierte, so dachte Waldi wenigstens, war, dass Waldi in Boxershorts und Strümpfen spielte. Ein nicht uninteressanter Faktor, denn sollte Waldi das Spiel verlieren, also gänzlich nackt sein, wäre das Spiel beendet, ohne einen Blick auf den nackten, knackigen Arsch der Tänzerin oder die rasierte Queen werfen zu können. Es war nicht ganz klar, ob die Queen diesmal gänzlich rasiert war, jedenfalls wartete man mit Spannung darauf, ihr königliches Fötzchen sehen zu können.

44

Das Publikum bestand in der Mehrheit aus Männern. Der Veranstalter hatte dieses berücksichtigt, und in jeder Runde trat eine Mehrheit an attraktiven Frauen auf. Hier in dieser Runde war das Verhältnis zwei zu eins. Die anwesenden Frauen freuten sich darauf, dass Waldi seine Boxershorts ausziehen musste. Waldi, nicht klein von Statur, würde einen prächtigen Schwanz aufweisen.

Fanny und Valerie standen in der ersten Reihe und freuten sich besonders auf Waldis Schwanz, der den Umständen nach - bei diesen beiden halbnackten Weibern - schön erigiert sein musste. Die Queen zeigte eine vornehme Blässe und war als opulent zu bezeichnen. Zwei der Maße waren sicherlich dreistellig, wobei das mittlere Maß im richtigen Verhältnis stand. Hingegen war die Oberweite der schwarzen Tänzerin nicht nennenswert, jedoch ihr Hintern. Ihr Körper entsprang den Federn einer galaktischen Modellagentur.

Die Queen errötete ein wenig, als es nun an ihr war, ihr Oberteil abzulegen. Sie machte das sehr dezent, wobei sie versuchte, ein wenig ins Publikum zu lächeln. Waldi war sich sicher, dass die Ständer im Publikum nun größer wurden. Was für ein prachtvoller Busen! In den ersten Momenten der Blöße versuchte die Queen mit ihren zarten Händen ihre Brust abzudecken. Da dieser Versuch bei der Größe ihrer königlichen Titten hoffnungslos war, gab sie ihn mutig auf.

Die Queen war noch nicht sehr alt. Sie hatte letztes Jahr ihren dreißigsten Geburtstag gefeiert, war allerdings, bevor sie entmachtet wurde, schon einige Jährchen im Amt gewesen, was sie erfahrener, verruchter und geiler gemacht hatte.

Ein Vertreter der katholischen Kirche passte auf, dass die Veranstaltung nicht sittliche Grenzen überschritt. Es bestand eine kirchliche Vorschrift, dass die Höschen bei solchen Kartenspielen anbehalten werden sollten, aber zu jener Zeit kümmerten sich nur wenige Veranstalter und Akteure darum.

Das Publikum forderte die Queen auf, ein wenig zu posieren. Das tat sie dann auch. Sie brachte dabei auch ihren mächtigen Arsch ins Spiel. Die Tänzerin ließ sich nicht lumpen; quasi um von ihrer Konkurrentin abzulenken, begann sie zur Partymusik einen temperamentvollen Tanz, alles erwartete schon, dass die letzten Hüllen ohne ein weiteres Spiel fallen würden.

Auch die Frauen im Publikum applaudierten. Nach einem weiteren Spiel hatte Waldi seine Socken auszuziehen. Fanny und Valerie applaudierten, und Waldi wurde zum ersten Mal auf diese heißen Bräute aufmerksam. Ohne es zu wissen, ahnte er, dass das seine Groupies waren, die ihn von Stern zu Stern begleiteten, von Poker zu Poker.

Er wandte sich zur Queen, die ein wenig ihre Brüste zurechtrückte, und sein Glied schwoll weiter an. Dermaßen ausgestattet wandte er sich seinen Groupies zu, lächelte sie an und hätte es nun nicht weiter bedauert, die Partie zu verlieren. Stattdessen verlor die Tänzerin BH und Slip, trug aber noch Strümpfe und Schuhe.

Nachdem sie gekonnt ihr Höschen ausgezogen hatte, machte sie nach allen Seiten einen Anstandsknicks, so dass ein jeder ihren Hintern in dieser ergebenen Pose sehen konnte. Die Frauen feixten Waldi zu, er möge nun verlieren, seine Boxershorts waren mächtig ausgebeult.

Neid kam in der Queen hoch. Verächtlich betrachtete sie die schwarze Grazie, die ihr mit ihrem viel kleineren Busen die Schau gestohlen hatte. Das war doch unmöglich, vor Schuhen und Strümpfen den Slip auszuziehen und die Brüste freizugeben! Sie hatte ehrlich gespielt. In der nächsten Runde legte sie es also darauf an, durch einen übersteigerten Bluff zu verlieren. Jeder sollte ihren königlichen Arsch zu Gesicht bekommen. Aus! Das Spiel war aus. Die Queen triumphierte. Obwohl verloren, hatte sie nun Gelegenheit, der werten Gesellschaft ihre Muschi zu zeigen. Das tat sie mit Wonne!

Die Sieger des Strippokers, Runde 29, standen fest. Es waren die Tänzerin, die man Wanda nannte, und Waldi. Fanny und Valerie drängelten sich durchs Publikum und versuchten, an Waldi ranzukommen, um sich ihm an den Hals zu schmeißen und sich anzubieten. So machen das Groupies. Moralischer Gewinner des Spiels war die Queen, die sich von einer begeisterten Schar von Männern feiern ließ.

Sie ließ sich auf Händen tragen, auf mindestens zwei dieser Hände musste ihr Hinterteil liegen. Fanny schaffte es, an Waldi zu geraten, der gerade angefangen hatte, Statements über die spezielle und allgemeine Relativitätstheorie abzugeben. Sie küsste ihren Sieger. Wenig später war Valerie zur Stelle und griff Waldi direkt an den noch nicht ganz abgeschlafften Schwanz.

"Kommst du mit uns ins Separee 118?" 118 ist eine große Zahl dachte Waldi, der noch von der Vorbereitung auf das Spiel betrunken war. Gerne ließ er sich ins Separee 118 entführen. Der Besitzer des Spiralarmes würde nichts dagegen haben, im Gegenteil, er begrüßte, wenn seine Gäste Unternehmungen trafen, die Lustgewinn versprachen.

Die beiden Frauen waren erregt, schnatterten ein wenig, nahmen Waldi an die Hand, und wenig später saß man im Separee. Valerie zog Waldi die Boxershorts aus, nahm - ohne sich selber auszukleiden - seinen Schwanz in den Mund und begann zu saugen. Waldi fühlte sich wie im siebten Himmel. Fern von zu Hause sollte ihm dies passieren. Die Dramaturgie der Frauen wollte es, dass die andere sich im Blickwinkel von Waldi auskleidete. Waldi schaute begeistert zu, während Valerie verspielt seinen Schwanz in ihrem Mund hatte, und als sich Fanny ihres Bodys entledigt hatte, übernahm sie den handelnden Part.

Sie hatte halblanges, gewelltes braunes Haar, so wie er das von einem Foto kannte. Waldi fragte sich in diesem Moment nicht, wieso er ein Foto von einer Frau kannte, die er jetzt, hier im Separee, zum ersten Mal betrachtete. Valerie beendete den Blow-Job, ohne dass sich Waldis Erregung gelegt hatte.

Aber Fanny wollte nun seine Erregung erledigen, so wie sie es in Mainz gemacht hatten, als sie als verliebtes Paar und als Unbekannte auf einer Fete Silvester feierten. Um Mitternacht gingen sie raus in die Stadt, und Waldi konnte Gedanken an Krieg nicht ganz vermeiden.

Da Fanny für Waldi eine Unbekannte war, konnte er sich selbstverständlich an nichts erinnern. Ähnliche Lücken besaß Fanny, die nun weltmeisterlich ritt. Woher können

Frauen so was? Ab und zu wurde Waldi von Valerie auf den Mund geküsst, was ihm dummerweise die Sicht auf Fannys Titten nahm, aber dafür konnte er nun Valeries Brüste anschauen...

Im Hintergrund meinte der Philosoph, es sei doch alles nur Illusion. Valerie schaltete den Videorekorder an, der den neusten Hit von Roxette abspielte.

Der Zufall wollte es, dass Egon auf den Bahamas den gleichen Clip hörte. Nur hatte seine imposante Überwachungsanlage weder einen Strippoker ausgemacht, noch war das Separee 118 ins Bild gekommen.

Der Philosoph meinte: "In diesem Fall ist die Nummer 118 eine imaginäre Zahl.

"118, eine imaginäre Zahl, dass ich nicht lache." meinte Valerie. Sie hatte im allgemeinen von Zahlen, Rechnen und Mathematik keine Ahnung. 118 war eine durchaus reelle Angelegenheit, die sämtliche Vergangenheiten von Waldi aufhob und ihm lustvolle Stunden bereiten sollte.

118 war real! Vergessen waren die aufregenden Minuten, als die Tänzerin ihren Slip auszog und brav mit ihrem Hintern wackelte, das Finale, bei dem die Queen allen alles zeigte.

Waldi ließ sich nicht beirren. Auch Egon ließ sich nicht beirren. In unserem Teil der Galaxis erreichte der Verdummungsgradient sein Maximum. Waldi strengte seine Vorstellungskraft an, und schon sah er sich unter Fanny und Valerie, die er nicht kannte.

In seinem realen Leben, dass so real auch wieder nicht sein konnte, weil er unentwegt verlor, kannte er Valerie und Fanny. Valerie hatte er an der Talsperre geliebt, Fanny im Bodminmoor. Sie wollte sich in den Dünen nicht lieben lassen, vielleicht weil sie gerade keine Lust hatte, vielleicht aber auch, weil sie Angst vor dem Sand hatte. In der belgischen Eifel hatte sie ebenfalls keinen Bock.

Bei Valerie war das ganz anders. Von ihr waren des öfteren Vorschläge gekommen, sich im Freien, in der Natur zu lieben. Im Hasberger Wald beispielsweise, wo sie öfter Spaziergänge unternahmen.

In der zu schönen Parallelwelt liebte nun Valerie ihn. Sie ritt auch, kehrte ihm aber ihr Hinterteil zu. Sie ritt ihn rückwärts. Fanny küsste seine Brustwarzen. Das war doch irgendwie erregender als Klavierstunden oder Tanzunterricht.

Fanny aß noch ein Stück vom Kuchen, den Valerie gebacken hatte.

Vicky bereitete sich darauf vor, Waldi kennen zu lernen. Wie machte sie das? Sie träumte. Zuerst von Pappraumschiffen und Jägermeister. Erregt erzählte sie ihren Freundinnen von ihren wilden Träumen, und diese konnten sich darauf auch keinen Reim machen. Jägermeister und Pappraumschiffe, selbst das Werbefernsehen konnte sich solche Verrücktheiten nicht ausdenken, die zweifellos auch beim großen Publikum angekommen wären.

Vicky würde die dritte Traumfrau werden, aber sie hatte keine Ahnung davon. Waldi und der Philosoph, ja alle Philosophen, die er bei seinen Rundreisen aufgesucht hatte, hatten keine weiteren Kenntnisse über die Dinge, die eines Tages über ihn und Vicky hereinbrechen sollte.

Auf dem Display von Egon, das ansonsten nur verhalten Zahlen, Statistiken zeigte, leuchtete Vicky auf. Egon dachte, er hätte zuviel Jägermeister getrunken. Vicky, was sollte das?

Schnell trank er noch einen kräftigen Schluck Jägermeister, um Vicky zu vergessen, während diese schon seit Tagen nervös in der Gegend herumlief. Der fünfte Traum von Jägermeister und Pappraumer reichte ihr, obwohl die Angelegenheit nicht uninteressant erschien. Ihre Freundinnen wussten keinen Rat, Freuds Traumdeutung deutete auf einen Wunsch hin, aber was wünschte sie sich?

Vicky war dunkelhaarig. Sie hatte einen schönen und großen Busen, der etwas herunter hing, lange Beine mit traumhaften Oberschenkeln und kluge blaue Augen.

Sie hatte nur einen Makel - sie war zu jung für Waldi, noch keine 25. Aber Vicky bereitete sich in ihren Träumen darauf vor, eine Traumfrau für ihn zu werden. Immer unbewusster!

Waldi kannte Vicky nicht, und er hatte auch noch nicht angefangen, von ihr zu träumen. Statt dessen trank er Jägermeister und besuchte Philosophen. Wie gerne wäre er bei dem Treffen von Valerie und Fanny dabeigewesen, einem Treffen, das der Philosoph als pure Illusion abtat. Und die Dinge, die er mit Valerie und Fanny nach dem Pokerturnier erlebt hatte, sie konnten wirklich nicht echt sein, denn als dieser wunderbare Sex stattfand, hatte er keine Ahnung, wer die wundervollen Personen waren, die ihm zeigten, dass es mehrere Himmel gab.

Einer lag in Valerie, einer in Fanny. Diese Göttinnen waren sich bewusst, dass der Himmel nicht außerhalb, sondern in ihnen war. Waldi erkannte, dass er gefährlich realistisch seinen Phantasien ausgeliefert sein konnte. Das hatte schon die neunmalkluge Miriam gesagt. Es fehlte noch, dass auf dem Bildschirm eine pikante Szene von und mit Miriam zu sehen wär.

"Es ist deine Konzeptlosigkeit, die dir Probleme bereitet", meinte der Philosoph und drehte sich einen Joint aus bestem Kaschmir.Er machte einen kräftigen Zug und reichte dann den Joint weiter.

"Nein danke, ich rauche kein Haschisch", antwortete Waldi, nahm seine Jägermeisterflasche aus der Innentasche seiner Jacke, sog dran und fragte sich, wieso man in den Tiefen der Galaxis Joints mit Kaschmir raucht. Bisher hatte er gedacht, der einzige Erdenbürger weit und breit zu sein. Wo waren die Kaschmirdealer?

"Ist das eigentlich bei euch legal?" - "Nein, es wird mit Berufsverbot geahndet. Zehn Gramm Haschisch bringen zehn Wochen Berufsverbot." Dieser Planet musste noch in Händen anachronistischer Verwalter sein, deren reformerische Einsichten bei dem allgemeinen Verdummungsschub, der zur Zeit vorherrschte, weiter verkümmerten.

"Du hast kein Konzept, Waldi, bei all den Dingen, die du tust. Statt an Ort und Stelle zu sein, irrst du in der Galaxis umher, sprichst mit uns Philosophen und bildest dir geheimnisvolle Parties ein."

"Ich bilde mir keine geheimnisvollen Parties ein. Was solls! Meine Exfrauen wollen mich nicht sehen. Sie wollen sich vielleicht lieben. Es war nicht alles real, was ich so erlebt habe, aber mein Poker schon. Du sagst, ich hätte kein Konzept. Ich habe sehr wohl ein Konzept. Ich suche verschiedenes. Ich suche Erkenntnis, ich suche eine Zeitmaschine, und ich würde gerne mal die Tänzerin oder vielleicht auch die Queen näher kennen lernen."

"Die einzige Erkenntnis, die du bekommen könntest, sind meine Kommentare, aber du nimmst ja nichts von mir an."

"Ich hab das Gefühl, du redest nur Schrott!"

Der Philosoph ließ sich nicht beirren. "Es gibt keine Zeitmaschinen. Es hat nie welche gegeben, und es wird nie welche geben. Zeitmaschinen widersprechen einem philosophischen Prinzip!"

"Welchem Prinzip?" - "Dem Prinzip der Unberührbarkeit!" - "Wer ist unberührbar?" - "Die Vergangenheit, die Zeiten." - "Woher weiß man das?" - "Es ist ein philosophisches Prinzip, unumstößlich." - "So wie das Einsteinsche Prinzip, niemand könne die Lichtgeschwindigkeit überschreiten? Aber ich bin hier!"

Der Philosoph meinte lakonisch: "Du bist nur in deiner Einbildung hier."
"Du spinnst doch total!" Waldi konnte sich gerade noch bremsen. Am liebsten hätte er dem dickbäuchigen Philosophen eine gescheuert. Nicht real - von wegen. Waldi konnte allerdings nicht so schnell einen Beweis seiner

Existenz aus der Tasche ziehen. Wessen Existenz musste eigentlich bewiesen werden?

Waldi zog ein Kartenspiel aus der Tasche. "Was ist das?" fragte er.

"Das sind Karten", meinte der Philosoph kleinlaut.

"Welche Karte ist das?" - "Herzdame!" - "Und diese hier?" - "Pikdame." Waldi zog noch zwei weitere Damen. "Und das hier?" Es war ein heißes Photo von der Tänzerin. Sie war fast nackt, und das Photo war unterzeichnet.

"Welch andere Wirklichkeitsbeweise soll ich antreten? Ich habe zufälligerweise kein Photo von dir dabei." Der Philosoph setzte zum letzten Zug an und gab klein bei.

"Du könntest recht haben, wir könnten durchaus real sein." - "Du natürlich mehr als ich. Fanny, Valerie, die Queen, die Tänzerin, der Besitzer des Spiralarmes, wir sind alle real wie dieses Kartenspiel."

Der Philosoph zeigte sich versöhnlich. "Hast du einen Schluck von deinem Jägermeister?"

Ungern gab Waldi einen Schluck ab, denn er hatte sich alles genaustens eingeteilt. Sollte der doch mit seinen Joints glücklich werden. Aber dennoch, er wollte sich nicht lumpen lassen. "Hier, ein Schluck aus einer wirklich unwirklichen Flasche Jägermeister! Wohl bekomm's! Vielleicht kriegst du ja einen surrealistischen Schwips, der sich dann in vollkommener Irrealität auflöst. Einsteins Relativitätstheorien sind widerlegt, wie sonst käme ich hierher.

Das Michelson-Morley-Experiment war im damaligen historischen Kontext irreführend."

"Wie bitte?" fragte der Philosoph. Waldi hatte jetzt aber keine Lust, auf die Physik des endenden neunzehnten Jahrhunderts, Erdphysik, einzugehen. "

"Morgen früh mehr zur Physik", sagte er. "Gibt es denn hier keinen Nightclub, in dem man entspannen kann?"

"Doch das Vixen!" - "Haben die Jägermeister?" - "Nein, aber etwas Adäquates, aus philosophischer Sicht."

Sie brachen zur Vixen-Bar auf. Der Weg war beschwerlich und ging über Geröll. Es war eine trostlose Gegend, in der der Philosoph seine Einsiedelei stehen hatte, nichts als Steinwüste. Aber die klimatischen Verhältnisse änderten sich meterweise, Schritt für Schritt.

Nach einer Weile gelangten sie in einen lieblichen Park, wo Elfen auf Schaukeln wippten. Sie trugen die standesgemäße weiße Tracht und waren alle weiblich.

Waldi und der Philosoph kamen an mehreren Springbrunnen vorbei, die der Gartenarchitekt kunstvoll hatte anleuchten lassen. Es gab da ein paar Teiche, auf denen Kinder spielten. Eins der Mädchen sah aus wie Fanny. Waldi versuchte nicht, in einem der Jungen eine Ähnlichkeit zu sich selber zu suchen.

Die Szenerie verstärkte in ihm das schwache Gefühl, dies alles könnte womöglich doch unwirklich sein. Der Philosoph schaute vergnügt drein. Waldi vermied es, sich die weiblichen Elfen genauer anzugucken.

Hätte er es getan, so hätte er bemerkt, dass sie alle der letzten Ausgabe der Vogue entstammten, die noch neben seinem Bett lag. Er konzentrierte sich auf die phantastischen Pflanzen.

Sie durchkreuzten ein Dickicht und erreichten eine gut frequentierte Straße, auf der Fordmobile der dreißiger Jahre fuhren. Und dort drüben war auch schon die Vixen-Bar. Der Türsteher begrüßte sie freundlich.

3.

Der Philosoph ging gerne in den Club, da hier die besten Cancan-Tänzerinnen auftraten. Es gab auf diesem Planeten drei Cancan-Bars, aber die Vixen-Bar hatte den besten Ruf.

Die Mädchen kreischten fröhlich zur Musik, arbeiteten mit ihren Hinterteilen, und wenn man Glück hatte, setzte sich eine von ihnen, die übrigens in allen Rassen vertreten waren, zu einem an den Tisch und ließ sich einen Drink spendieren.

Für reiche Besucher gab es die Möglichkeit, sich in eins der Separees zurückzuziehen und das Tanzspektakel von oben zu betrachten. Und wenn es auffiel, dass eins der Nummerngirls fehlte, konnte man sich denken, wo es steckte und was es machte.

Man musste allerdings sehr reich sein um eine nackte Tänzerin in den eigenen Armen liegen haben zu können. Beliebt war es, den Tänzerinnen zuzuschauen, zu sehen, wie sie die Beine schwangen, während die Begleiterin einen nackten Arsch und eine Möse bereithielt und man selber nach Belieben in diese hineinstoßen konnte. Wahlweise mit Gejohle der Mädchen, was dem Reichen und der gestoßenen Tänzerin eine gewisse Disziplin abverlangte, da ihre Lustschreie nun ebenso für die übrigen Mädchen und das Publikum hörbar gewesen wären. Und für die Geschäftsleitung, die solches nicht duldete und zu unterbinden verstand.

Der Genießer konnte die Tanzshow verfolgen oder die Bewegung des nackten Hintern, den Rücken und die Wuschelhaare der Frau, die er fickte, betrachten.

Der Philosoph erzählte etwas resigniert von diesem Treiben, für das ihm fast immer das nötige Kleingeld gefehlt hatte. Da musste er schon ein gutes Jahr gehabt haben. Für Waldi reichte das Geld gerade, einen Philosophen wie diesen zu konsultieren. Sicherlich nicht die erste Wahl, eher ein drittklassiger Philosoph, der drittklassige Honorare einsteckte und sich nicht genierte, bei den Konsultationen Haschisch zu rauchen. Der Philosoph war ganz nett, obgleich er Waldi mit seinem Illusionsgefasele auf die Nerven ging, und er wusste einiges über die Bar zu erzählen. So machte er Waldi auch auf die Separees aufmerksam, die von ihrem Platz aus gut zu erkennen waren.

Waldi zeigte sich erstaunt darüber, dass die Preise der Mädchen so hoch waren.

"Die Mädchen sind ganz in Ordnung", erklärte ihm der Philosoph, der Betreiber kassiert 98 Prozent."

"Ist jedes Mädchen zu haben?" wollte Waldi wissen. Sein Augenmerk galt einer Cancan-Tänzerin, die Fanny verblüffend ähnelte. kramte in der Tasche, um zu sehen, ob er genügend Kleingeld dabeihatte.

"Nein, nicht jede! Fanny hat noch Nebenverdienste durch Kartenlegen und Verkauf amerikanischer Gebrauchtwagen. Die Tänzerinnen verdienen nicht genug, um auf einen Nebenverdienst verzichten zu können. Nicht jede Tänzerin ist bereit, zur Hure zu werden. Einer Begleiterin ist es nicht gestattet, ein Zusatzgeld anzunehmen, ein jedes Geld geht an die Betreiber. Sicher, Gesetze und Vorschriften sind dazu gemacht, gebrochen zu werden, aber die Strafen sind hart."

"Ist das eins deiner philosophischen Prinzipien?" Waldi wollte den drittklassigen Philosophen nicht beleidigen. Sie saßen im gleichen Boot. Sie konnten sich keine der Frauen leisten. Derartige Clubs waren in diesem Teil der Galaxis sehr verbreitet. Waldi konnte sich denken, dass die Tänzerin, die er beim Strippoker kennengelernt hatte, früher auch in einem dieser Läden gearbeitet hatte.

Er dachte oft an sie und die Queen, die vielleicht ja auch keine moralisch abwegige Exmonarchin war, sondern eine begehrte Tänzerin aus einer heißen Stripteasebar. Waldi hatte versäumt, sie danach zu fragen. Aber vielleicht war sie ja wirklich ihrer Amtsgeschäfte enthoben oder entflohen und vergnügte sich auf Feten wie diesen, nahm an Pokerrunden teil. Die schwarze Tänzerin hatte ihn hin und wieder angelächelt, aber auch mit ihr hatte er nicht viel gesprochen.

"Wie kommt der Club eigentlich zu seinem Namen?"

Der Philosoph wusste Antwort: "Die Betreiber wollten hier eigentlich ein Hardcoretheater vorführen, mehr Prostitution, Striptease mit weit offenen Bibern und so was, aber sie bekamen von den Verwaltern dieses Planeten keine Genehmigung. Es blieb aber bei dem Namen Vixen. Sex darf hier nicht öffentlich dargestellt werden, die Prostitution darf nur diskret geschehen."

Der Cancan war beendet, die Tänzerinnen ernteten Applaus, und etwas Ruhe trat ein. Es folgte eine getragene Ballettvorführung im klassischen Stil mit zwei Tänzerinnen. Diese johlten nicht, aber zum Ausgleich waren ihre Körper in den knappen Ballettanzügen gut abgezeichnet. Die etwas ernstere Stimmung gab Anlass, das eigentliche Thema des Gesprächs zu suchen. Wofür hatte Waldi schließlich bezahlt?

Bei einer netten Frau, die einen gewagten Ausschnitt trug, bestellte er zwei Kräuterbitter, die eine dunkelgrüne Farbe hatten. Waldi hoffte, dass sie nicht wie ph-neutrales Haarwaschmittel schmeckten. Er toastete dem Philosophen zu: "Auf die Illusionen!"

Es hatte etwas von Illusion, wenn eine der Tänzerinnen hier Fanny hieß und so aussah wie seine Fanny, die sich heute zum ersten Mal mit Valerie getroffen hatte, in Hasberg auf der Erde. Die Tänzerin hatte sogar verblüffende Ähnlichkeiten mit Fanny M. Er blinzelte ihr zu, und Fanny blinzelte zurück. Währenddessen faselte der Philosoph etwas von Waldis Illusionsgläubigkeit. Illusionsgläubig wäre jemand, der nicht an den Illusionscharakter seiner Wahrnehmungen glauben würde. Planlosigkeit, Kopflosigkeit, gepaart mit dem Wunsch, sich Illusionen hingeben zu wollen, würden Waldi treiben. Was er denn hier überhaupt wolle? Seine Anwesenheit hier würde doch voll und ganz seine Konzeptlosigkeit belegen.

"Ich bin auf der Suche nach mir, auf der Suche nach möglichen Vergangenheiten, die es überflüssig machen, deinem Sermon zuzuhören, auf der Suche nach Abenteuern, nach amourösen Abenteuern, die die Trübsal vergessen lassen, die ich in Hasberg hinter mir gelassen habe. Eine Kombination von allem wäre das beste. Du bist eine Station auf der Suche. Ich habe dich teuer bezahlt. Und wenn du fragst, was ich jetzt wünsche, dann dass statt deiner Fanny hier sitzen würde und mir die Karten legte."

Er blinzelte Fanny wieder zu, die sich für diesen freundlichen Gruß mit einem Lächeln und einem dezenten Powackeln bedankte. Sie hatte gerade Pause.

Versöhnlich bot der Philosoph Waldi einen Zug seines Joints an. Doch Waldi lehnte ab: "Ich rauche kein Haschisch, schon gar nicht in der Öffentlichkeit!"

"Du hast kein Konzept, wie es weitergehen soll?" "O doch, ich werde Fanny so lange zublinzeln, bis sie sich zu uns setzt. Das ist doch ein schönes Konzept, nicht wahr? Du kannst ja einer der anderen Frauen zublinzeln, einer, die dir gefällt. Dann bilden wir ein schönes Quartett."

"Du lebst in den Tag hinein, lässt dich treiben, hängst in Clubs und Bars rum, halluzinierst große Parties, wo Strip-pokerrunden ausgetragen werden. Es wird Zeit für dich, deine Tabletten zu nehmen!"

Einen Augenblick sah der Philosoph aus wie Miriam. Diese stand auf und wollte sich ihrer Unterwäsche entle-gen, weil ihr zu heiß war. Als sie ihr Höschen auszog, schloss Waldi die Augen. Kurz darauf öffnete er sie wie-der und schaute in das Gesicht eines ratlosen Philoso-phen. Waldi nahm einen kräftigen Schluck von seinem Kräuterbitter.

"Was war los?" fragte der Philosoph.

"Vielleicht hast du recht, und du bist eine Illusion - oder ich. Was ist eigentlich wahrscheinlicher?"

Der Philosoph wollte sich nicht auf solche Spekulationen einlassen. Seine Konsultationen hatten durchaus etwas Reales, nur manchmal glaubte er, ein paar Illusionen könnten sich eingeschlichen haben, nachdem er sich den Pappraumer von Waldi angesehen hatte.

Die Wahrheit war, dass Waldi wirklich kein Konzept hat-te, seinen früheren und zukünftigen Miseren entgegen zu treten. Und er trank zuviel Jägermeister. Waldi war ein schwieriger Patient, es bedurfte einiger Sitzungen, um diesem Mann den richtigen Weg zu zeigen.

"Hör, Waldi, wir brechen die Konsultationen ab. Du bist ein hoffnungsloser Fall. Wir bräuchten mindestens 100 Sitzungen. Vergnügen wir uns noch ein bisschen!" Er schnippte einmal mit den Fingern, und ohne damit gerechnet zu haben, marschierte Fanny auf ihren Tisch zu. Sie machte eine wunderbare Figur in dem Cancan-Kostüm.

"Ihr wollt mir doch sicher einen Drink spendieren?"

"Den sollst du haben", meinte Waldi gönnerhaft. Er bestellte einen dunklen Kräuterbitter, weil er annahm, auch ihr könnte so was schmecken. Fanny rümpfte etwas die Nase, war sie doch Schampus gewohnt. Sie hatte das Zeug noch nie probiert. Also könnte sie das ja mal tun. "Schmeckt nicht schlecht" meinte sie nach ihrem ersten Glas.

Nun tat Waldi etwas Verbotenes; aus der Innentasche seiner Jacke nahm er den Jägermeister und schenkte jedem nach. "Von der Erde!" sagte er. Auch dieses braune Zeug sah für Fanny nicht einladend aus.

"Erde?" fragte sie. Sie hatte von so einem schmutzigen Ort noch nie gehört. Der Typ sah auch recht ungepflegt aus, aber schön blinzeln konnte er.

"Prost!" meinte Waldi und freute sich darauf, dass Fanny ihm die Karten legen würde. Fanny fand Gefallen an dem Kräuterbitter.

Man versuchte, sich zu vergnügen, jeder auf seine Weise. Waldi machte es Vergnügen zu sehen, wie Fanny an dem Kräuterbitter nippte, der Philosoph fühlte sich seiner Verpflichtungen entledigt und konnte nun seinem wahren Hobby nachgehen: Mädchen. Fanny ging in ihre Rolle, die sie als Tänzerin in der Vixen-Bar hatte auf. Sie liebte es, Männer zu necken. Und wenn sie dies nicht mit ihren Bewegungen, ihrem Aussehen, ihrer Ausstrahlung schaffte, half sie mit Händen oder anderen Körperteilen nach. Sie mochte Waldi, den sie hier in dieser Bar noch nie gesehen hatte. Der Philosoph hingegen kam regelmäßig mit seinen Mandanten in den Vixen-Club. Wenn er sehr frustriert war, kam er auch alleine. Aber er ließ nie eine Mark zuviel springen und erfreute sich im Club geringer Beliebtheit.

Dies schien eine Berufskrankheit zu sein. Alle Philosophen, die in der Vixen-Bar verkehrten, waren irgendwie knauserig. Selten brauchten die Mädchen philosophischen Rat, den sie dann gegen ein paar Zärtlichkeiten eintauschten. Waldi wäre der rechte Philosoph gewesen, mit dem sie dieses Tauschgeschäft auch einmal tätigen konnte. Fanny hatte noch nie nach philosophischem Rat verlangt, aber bei einem Typ wie diesem Waldi? Wenn er nur ein wenig gepflegter ausschauen würde.

So wie Waldi wünschte sie sich ihre Chefs. Eigentlich konnte sich Fanny nicht erklären, was sie so sympathisch an Waldi fand. Jedesmal wenn sich die Gelegenheit bot, lächelte sie ihn an. Der Philosoph, der diese Sympathiebekundungen mitbekam, versuchte ein wenig, dieses Lächeln auf seine Seite zu ziehen. Immerhin war er es gewesen, der Waldi in die Vixen-Bar geführt hatte. Es galt doch das Verursacherprinzip.

Waldi war in bester Jägermeisterlaune und schenkte jedem nach, vor allem sich selber. Die frappierende Ähnlichkeit dieser Fanny mit seiner Fanny war für ihn nur noch eine beiläufige Randerscheinung, nach all diesen Unwahrscheinlichkeiten und Visionen. Dies musste ein merkwürdiger Abschnitt der Galaxis sein, ein Ort der Trugbilder. Die Saat des Philosophen war aufgegangen. Wie hatte dieser doch mit seinem Illusionsgeschwätz genervt.

Er wandte sich dem Philosophen zu und sagte: "Fanny ist eine Illusion. Diese überaus nette Tänzerin existiert nur in meiner Einbildung."

Diese Einbildung griff nach seiner Hose, die Hand der Illusion versuchte, die härter werdenden Konturen dieses Etwas, das innerhalb der Hose steckte, zu erfühlen. Nicht dass sie geil gewesen wäre. Das ließ sich nicht mit ihrem Job vereinbaren. Nein, es war eine Sympathiebekundung, und außerdem wollte sie dieses Tauschgeschäft einfädeln. Immerhin hatte sie eine erste philosophische Information erhalten. Sie war eine Illusion, was immer das auch sein mochte.

Mit ihrer massierenden Handbewegung brachte sie Waldi zu einem erregenden Erschauern, das seinen Körper durchzog. Er konnte sich fast gar nicht auf das Gespräch mit dem Philosophen konzentrieren. Trotzdem hörte Fanny aufmerksam zu. Es war so interessant, was die beiden zu sagen hatten. Ihre Hand ging quasi automatisch ihrer Tätigkeit nach.

Fanny wurde etwas feucht, aber das war ja gut fürs Geschäft. Sie versuchte, sich weiter auf das Gespräch zu konzentrieren. Sie eine Illusion, wie interessant. Der Philosoph stritt die Möglichkeit, dass Fanny eine Täuschung sei, entschieden ab.

"Die Vixen-Bar ist real, mit all ihren Mädchen und ihren Bedingungen. Ihr glaubt doch nicht im Ernst, dass ich mich in meiner Freizeit Illusionen hingebe." Der Philosoph konnte aber nicht leugnen, dass eine Ähnlichkeit zwischen der Tänzerin und einer der Frauen auf der Illusionswand bestand.

"Ich hatte nie Lust, nach der Arbeit in einen dieser Visionsdome zu gehen, um mich am virtuellen Leben zu beteiligen", sagte er. "Ich gehe in die Vixen-Bar, auch wenn mir das nötige Geld fehlt, hier voll auf meine Kosten zu kommen. Aber ich finde die Atmosphäre sehr anregend, auch für meinen Job. Es ist nicht einfach, zwischen Täuschungen und Realität zu unterscheiden, zwischen zufälligen Ähnlichkeiten und Parallelität, die durchaus auf das Imaginäre hindeuten könnten. Man kann sich eine zufällige Ähnlichkeit zwischen einer Illusionsgestalt und einem wirklich existierenden Menschen vorstellen, auch wenn die Illusionsgestalt als erste erscheint."

Der Philosoph schloss sein Statement damit ab, dass er meinte, um zu prüfen, ob die Cancan-Tänzerin Fanny identisch mit der Frau auf der Projektionswand sei, müsse er ihren nackten Hintern betrachten dürfen.

Waldi stimmte zu - kein übler Gedanke, sich jetzt den Hintern von dieser Fanny anzugucken. Er war sich auch nicht sicher, ob sich die beiden Frauen nur ähnlich sahen oder wirklich identisch waren.

Die Fanny im Cancan-Aufzug trug sicher ein anderes Make-up, wirkte hundert Jahre zeitversetzt gegenüber der Fanny, die einen schwarzen Minirock und die grüne Bluse getragen hatte. Fanny wurmte es, dass der Vorschlag nicht von Waldi gekommen war. Sie hätte gerne gewusst, ob sie eine Illusion sei. Sie hatte nicht genau verstanden, warum die beiden Herren ihren Hintern begutachten wollten. Aber wenn es zur Prüfung ihrer Existenz notwendig war, warum nicht? Insgeheim freute sie sich darauf, sich vor den Augen der Herren entkleiden zu dürfen und Waldi ihren nackten Arsch zu zeigen, der von allen, den Kennern und der Geschäftsleitung, geschätzt und gelobt wurde.

Sie war dazu bereit, und sie versprach sich davon weitere philosophische Erkenntnisse. Hauptsache, sie entstammten Waldis Mund. Sie löste ihre Hand von Waldis Hose und der Philosoph hoffte, nun möge ihre andere Hand sich seiner Hose bemächtigen, aber Philosophen können ja bekanntlich hoffen, ohne dass die harte Realität ihnen dazu Anlass gibt.

Hier war der Fall komplizierter. Der Auslöser seiner Hoffnung war sich auf einmal uneins darüber, ob er zur Realität zählte oder ein Hoffnungsträger aus dem Reich der Illusion war.

Fanny sagte: "Ich wäre bereit dazu, der Erkenntnis wegen. Ich muss aber erst um Erlaubnis bei der Geschäftsleitung nachfragen." Sie lächelte Waldi an und verschwand dann.

Der Philosoph rieb sich die Hände. So weit hatten seine Ideen ihn noch nie in der Vixen-Bar gebracht.

Es lief wieder eine Ballettvorführung, deren Ruhe Waldi nutzen wollte, um dem Philosophen seinen Standpunkt zu erklären: "Fanny und Valerie gibt es wirklich. Meine Erinnerungen an Fanny sind zwar schon verblasst, und die an Valerie beginnen es zu tun. Die beiden Frauen zählen zu dem Leben, das ich in Hasberg geführt habe. Ich liebte Fanny, ich liebte Valerie. Das, was ich bei dir gesehen habe, erschien mir durchaus als real, auch wenn du das zu diesem Zeitpunkt abgestritten hast."

"Das tue ich auch jetzt noch!"

"Die technischen Möglichkeiten sind nahezu unbegrenzt und von Ort zu Ort verschieden. Wir verstehen die wenigsten physikalischen Zusammenhänge. Ich kann mir vorstellen, dass unter Umständen eine Übertragung realer Ereignisse zu Stande kommen konnte. Dies ist doch genauso wahrscheinlich wie der Gedanke, eine Halluzination hätte uns gemeinsam genarrt. Das Kaffeekränzchen war so realistisch. So sind die beiden. - Dieser Tagtraum, der nochmals meine Strippokererlebnisse aufgriff, zeigte sich eindeutig als Traum, da die beiden Frauen mich eigentlich nicht kannten. Außerdem, wie sollten sie zu den Festlichkeiten des Besitzers unseres Spiralarmes kommen?"

Der Philosoph meinte nachdrücklich: "Es gibt keinen Besitzer!"

"Um so mehr beweist es die Illusion. Es war ein Traum. Ich frage mich nur, wann ich Zeit für diesen Traum hatte.

Es war schon etwas seltsam. Das erneute Auftreten von Fanny lässt mich nun an allem zweifeln. Natürlich nicht an meiner Vergangenheit. Natürlich gibt es zufällige Ähnlichkeiten, es soll ja auch so was wie Parallelwelten geben."

Der Philosoph fand die Idee, in einer Parallelwelt zu leben, absurd.

"Vielleicht leben wir in einem absurden Universum", meinte Waldi. Der Philosoph hingegen war fest davon überzeugt, dass diese Fanny hier real war, eher zweifelte er an dem Vorleben von Waldi.

Endlich kam Fanny zurück. Sie strahlte Waldi an, denn sie hatte die Erlaubnis erhalten, ihnen ihren Hintern zu zeigen. Aber nicht mehr. Sie habe sich bei den Chefs sehr dafür eingesetzt, meinte sie, und einen niedrigen Preis ausgehandelt. Eines der Separees würde zur Zeit renoviert. In dieses könne man sich zurückziehen. Dort könne sie sich ungestört ausziehen, damit man ihre nackte Kehrseite begutachten könne. Ein wenig philosophisch sollte es aber schon sein.

Sie nannte den Preis, der so stolz war, wie man es von ihrem Hinterteil vermuten konnte. Eine Flasche Schampus oder wahlweise zwei Flaschen vom grünen Kräuterbitter.

Angesichts der philosophischen Schwere des Themas entschied man sich für den Schampus. Fanny bedauerte das etwas, weil sie jeden Tag Schampus spendiert bekam. Die Zimmergebühr für das in Renovierung begriffene Separee war happig. Sie legten alle drei zusammen, Fanny

tat aber nur so viel dazu, wie sie von ihren Chefs zurück-
erwarten konnte, und das war nicht viel.

Dafür investierte sie jedoch das Wichtigste in dieses Unternehmen, ihren Hintern. Er war sicher traumhaft, soviel
stand fest, aber war er deswegen weniger reell?

Der Champagner wurde von einer üppigen Blondine ser-
viert, und die Männer erlaubten sich, ihr in den Ausschnitt zu schauen. Fanny war darüber nicht im gerings-
ten böse. Der Philosoph gab der Blondine ein kleines
Trinkgeld. Dann begab man sich ins Separee, das mehr einer Baustelle glich. Waldi bestand darauf, dass Fanny
ihm erst die Karten legte, denn das war doch ihr Nebenverdienst.

Dann zitierte er den Satz: "Ich denke, also bin ich." und
erläuterte, dass diese alte Erkenntnis immer mehr durch
den ähnlichen Satz: "Ich fühle, also bin ich." ersetzt würde. Das war dem Philosophen auch neu.

Etwas deplaciert meinte Fanny: "Ich weiß nicht, ob ich
denken kann, jedenfalls fühle ich meistens wenig." Dieser
Satz gab wenig Aufschluss darüber, ob sie nun eine Illusion war. Die Tendenz ihrer Aussage ging aber schon in
diese Richtung.

Der Philosoph ergriff die Initiative und gab Fanny einen
kräftigen Klaps auf den runden Po. "Was empfindest du?"
fragte er sie. Die Antwort fiel eher bescheiden aus. Der
Philosoph war es gewohnt, Enttäuschungen einzustecken.
Das hatte er mit Waldi gemeinsam.

Fanny hatte eine Frage, die durchaus Sinn machte. "Soll ich mich nicht vor dem Kartenlegen entkleiden? Dann habt ihr länger Gelegenheit, meinen Hintern zu begutachten."

"Dieser Vorschlag ist großartig. Diese Person hat Geist", meinte der Philosoph.

"Ich lege die Karten besonders gut, wenn ich nackig bin."

Waldi war durchaus ein Mensch, der sich überzeugen lassen konnte. Dieser Argumentationskraft hatte er nichts entgegenzusetzen. Wollte er auch nicht, denn auch er freute sich auf die Begutachtung. Angezogen konnte man jedenfalls nicht viel erkennen.

"So, meine Herren!" begann Fanny ihre Vorstellung. "Schauen Sie auf dieses runde Hinterteil. Es ist doch so, wie ihr Männer es euch wünscht. Es hat die richtigen Proportionen zum Gesamtkunstwerk. Und nun schaut her!"

Die Betreiber der Bar hatten Fanny eingebleut, keinen Striptease zu inszenieren, dafür wäre der Preis zu gering. Ein wenig wollte Fanny Waldi dennoch reizen. Sie überlegte, ob er ihr Höschen runterziehen dürfe. Wenn man eine Sache - in diesem Fall ihr Hinterteil - in die Hand nahm, konnte man sie eher erkennen.

Sie selbst würde es durchaus reizen, Waldis schlanke Hände an ihren Hüften und auf ihren Pobacken zu spüren. Musste er nicht auch die Ritze auf Ähnlichkeit untersuchen? Die Finger des alten Philosophen sollten sie allerdings nicht berühren. Für sie war der eine der alte und der andere der schöne Philosoph. Ja, irgendwie fand sie Waldi schön.

Sie hatte nichts dagegen, wenn seine Hände ihren Hintern untersuchen würden. Natürlich machte sie dieser Gedanke nicht geil, denn Geilheit war schädlich fürs Geschäft.

Sie zog ihr Kleid aus, und die Männer klatschten. Aber noch gab es kein Urteil zu fällen, außer dass sich eine schöne Frau um die Zwanzig auszog. Sie machte eine Pause, trank einen Schluck Champagner und forderte die Männer auf, es ihr nachzutun.

In allerbester Philosophenlaune toasteten sie sich zu. Waldi gab sich Mühe, den Anschein zu wahren, er sei ein weit gereister Philosoph von einem fernen Planeten und nicht ein verzweifelter Ratsuchender, der schon länger keine Pussy gesehen hatte.

Sachverständig gab er seine Kommentare ab, versuchte seine Meinung pointiert von der des wahren Philosophen abzusetzen. Er erzählte, dass es auf seinem Planeten eine Philosophie des Striptease gäbe, und er wäre der Begründer. Diese Philosophie würde sich ganz zwanglos in den Hedonismus einordnen.

"Was ist Hedonismus?" fragte Fanny interessiert. "Hier ist die Philosophie des Geniessens gemeint. Manchmal versteht man aber auch darunter, dass der Genuss und die Suche nach Genuss zur treibenden Kraft werden."

"Wie schön!" meinte sie. Sie versuchte, ihre Kommentare auf wenige Worte zu beschränken, um sicherzugehen,

71

dass sie sich nicht vor den zwei Männern blamierte. Eine Philosophie des Striptease wäre doch sicher für ihren Beruf nicht uninteressant.

Der Philosoph wollte schon sagen: Erst die Arbeit, dann das Vergnügen. Philosophie konnte nicht mit Vergnügen verbunden werden. Philosophie war Arbeit, eine schlecht bezahlte Arbeit. Hier war man doch, um sich zu vergnügen, nicht um zu arbeiten. Ein wenig stand seine Welt Kopf.

Die Kleine wollte partout ein Gespräch über Philosophisches haben, dafür bot sie an, ihren Hintern zu zeigen, der andererseits wieder dazu benutzt werden konnte, ein mehr oder weniger vertracktes Problem zu lösen, nämlich das, ob sie real war.

Fanny hatte den Anlass des Streitgesprächs nicht so ganz verstanden, freute sich aber darauf, eine Antwort auf die lustige Frage zu bekommen, ob sie eine Illusion sei. Man trank noch ein Glas Schampus, dann zog sie ihren Unterrock aus.

Nun stand sie da in ihren halbhohen Schuhen, ihren schwarzen Strümpfen, die weit die Oberschenkel bedeckten, einem Bustier und einem violetten, glänzenden Slip, den sie ja wohl gleich ausziehen würde.

"Gefalle ich euch?" fragte sie in die kleine Runde, obwohl sie sich eigentlich nur dafür interessierte, ob sie Waldi gefiele. Aber der alte Philosoph sollte nicht ausgeschlossen sein. Sie war nett.

An einem der Strumpfbänder steckten die Karten, die sie demonstrativ auf den Tisch legte, auf dem noch ein Malereimer stand. Nun war der erhebende Moment gekommen, dass sie ihr Höschen ausziehen würde. Sie tat es und legte somit ihren wunderbaren Po frei.

"Das Bustier muss ich nach der Auflage der Geschäftsleitung anbehalten. Die Titten sind doch für die Beweisführung nicht so wichtig. Die verändern sich doch sowieso andauernd."

Die Männer staunten über Fannys Worte und ihren wunderbaren Körper. Sie waren erst einmal sprachlos, schauten auf die nackten Pobacken. Waldi suchte ein winziges Muttermal, das die echte Fanny auf der rechten Pobacke hatte. Oder war es die linke? Er fand keins. "Sie ist es nicht!" meinte er, und Fanny fühlte sich wie in einem komplizierten Kriminalfall verwickelt. Ihr Hintern war offensichtlich nicht der Täter. Er könnte es aber in Hinblick auf Waldis philosophische Qualitäten noch werden, dachte sie.

Der Philosoph war sich ihrer Existenz nun absolut sicher, während Waldi einräumen musste, dass es kosmische Zufälle gab.

Waldis konnte seinen Blick nicht von diesem wunderbaren Po abwenden. Der Philosoph hatte etwas Ähnliches seit Jahren nicht mehr gesehen, zumindest hatte er dieses Gefühl. Die beiden Herren saßen auf einem kleinen Sofa. Vor ihnen stand ein Tisch, und an den Tisch gelehnt stand Fanny. So weit sie verstanden hatte, existierte sie. Das hätte sie von sich aus nie in Zweifel gestellt, hegte sie doch zum Beispiel kleine Gefühle für Waldi. Wieso sollte etwas Nichtexistentes Gefühle haben? Das machte keinen Sinn. Es stimmte schon, sie war nicht im eigentlichen Sinne geil, aber dafür fand sich eine einfache Erklärung: Dies lag nicht im Sinne der Geschäftsleitung.

Es gab ein weiteres Argument für ihre Realität. Die Männer zeigten Gefühle. Sie hatte es genau gesehen wie die Hosen anschwollen, als sie ihren Unterrock auszog. Wieso sollten Männer so starke Gefühle für eine Illusion entwickeln? Machte das Sinn?

Nach ihrem Verhalten zu urteilen, verhielten sich die Männer durchaus so, als ob ihre Nacktheit, ihre Ausstrahlung, ihr Sex sehr real wären. Die ganze Diskussion, ob sie Illusion oder keine Illusion sei, hatte etwas Scheinheiliges, fand sie.

Ihr Ursprung musste in Waldis Vergangenheit liegen, seine Vergangenheit musste etwas mit ihr zu tun haben, so dass sich der Gedanke einer Illusion vielleicht aufdrängte.

Vor Freude wackelte sie etwas mit dem Hintern. Sie war durchaus zu hintergründigen Gedanken fähig. Ohne ihre Kehrseite von den beiden Betrachtern abzuwenden, äußerte sie sich vor Begeisterung. Eine nackte Tänzerin mit einem traumhaften Hintern, die außerdem noch intellektuelles Niveau zeigte.

Waldi ließ sich in dieser Situation nicht beirren. Er versuchte einen Blick auf ihre Pussy zu erhaschen. Fanny begann nun die Karten für ihn zu ziehen. Sie fand, dass die Männer bei dem Respekt, den sie ihr zeigten, einen Blick auf ihre Pussy verdient hätten. Sie wusste zwar, dass dies nicht im Sinne der Bar-Manager war, doch sie wusste auch, dass dieser Anblick den Männern gefallen würde.

Während sie die vier Karten umdrehte, tat sie es. Sie wusste nicht genau, warum es ihr selbst Vergnügen bereitete, die Beine etwas zu spreizen und ihr Hinterteil mit der Pussy zu garnieren. Für eine Illusion ging sie jedenfalls recht gründlich vor. "Habt ihr jemals einen so wunderbaren eingebildeten Hintern gesehen?" fragte sie die Männer. - "Nein" kam als Antwort zurück.

"Deine Liebe ist ungebrochen und stark. Viele Lichtjahre hast du zurückgelegt, um die Rätsel deiner Existenz zu lösen, die stark mit den Wurzeln deiner Liebe verbunden sind. Die Kräfte des Bösen wollen dich in die endlose Spirale des Untergangs ziehen. Deine Liebe verteilt sich auf drei Frauen, die um dich buhlen werden."

Fanny zögerte, die letzte Karte zu interpretieren. Sie verhieß nichts Gutes. Waldi fiel es nicht auf, dass eine Karte fehlte. Er fragte sich, ob die Karten real sein könnten, wenn das Mädchen eine schöne Illusion wäre. Die Überlegung machte ihn etwas konfus.

Konzentriere dich lieber auf diesen wunderbaren Arsch, auch wenn er nicht Fannys ist, sagte er sich. Oder Fanny ist nicht Fanny. Einen Augenblick gestand er sich ein, dass er gar nicht mehr so recht wusste, wie Fanny aussah. Es war paradox. Diese Frau sah aus wie Fanny, da war er irgendwie sicher, zudem hieß sie auch Fanny. Der Philosoph hatte die Ähnlichkeit ebenfalls gesehen.

Waldi hatte Valerie noch genau vor Augen. Wäre hier eine Valerie statt einer Fanny gewesen, hätte er genau sagen können, ob diese Valerie so wie seine Valerie war, ob eine Illusion, eine perfekte Doppelgängerin oder nur eine ähnliche Person.

Die Beziehung zu Fanny war von ihm nie richtig verarbeitet, aufgearbeitet worden und die Affäre mit Valerie lag noch nicht so lange zurück und schmerzte ihn noch. Es war fast ein Trost für ihn, Fanny zu sehen. Das Geschehen auf der Projektionswand hatte ihn allerdings sehr aufgewühlt.

Fanny zog wieder ihr Höschen an, setzte sich zu den beiden Männern aufs Sofa und goß etwas Schampus nach. Sie war erstaunt, dass nur die Hose des Alten eine Beule aufwies. Wo war bloß Waldi mit seinen Gedanken? Sie hatte die Kartendeutung so dahergesagt und war sich sicher, dass Waldi ihre Deutungen nicht weiter ernst genommen hatte. Ein amüsanter Zeitvertreib halt.

Sie hoffte doch wirklich, dass Waldi ihrem Hinterteil und ihrer Pussy mehr Aufmerksamkeit geschenkt hatte als ihrer Kartendeutung. In einem anderen Leben, in einer anderen Welt, im nächsten Leben oder in einer Parallelwelt könnten sie ein Paar, ein Liebespaar sein, dachte sie romantisch.

Waldi hatte Fannys Zuneigung bemerkt und machte sich erste Gedanken, wie er diese Fanny aus der Vixen-Bar befreien und mit ihr von diesem Planeten weggehen könnte. Er konnte sich durchaus vorstellen, mit ihr ein neues Leben zu beginnen.

Es machte nichts, dass die Tänzerin fast genauso aus-
schaute wie seine alte Fanny, im Gegenteil. Diese Fanny
war sicher eine selbständige Person und zudem mindestens zehn Jahre jünger als die andere Fanny. Er musste
einen Weg finden, sie aus diesem Vergnügungspalast zu
befreien. Die Vixen-Bar war nichts für sie.

In diesem Moment ging die Tür des Separees auf, und
eine Person trat ein, die aufs Haar Valerie glich. Waldi
traf der Schlag, und der Philosoph rief aus: "Das ist sie!"
Für Spielereien mit Muttermalen blieb keine Zeit.

"Hallo Sabrina!" rief Fanny aus. Sabrina grüßte in die
Runde und wunderte sich, dass der jüngere Mann so blass
aussah.

"Los, Fanny, du bist über der Zeit, wir müssen ins Luxus-
separee, um mit dem dicken Miller zu ficken. Du weißt
doch, wie er auf dich steht." Fanny war dieser abrupte
Abschied peinlich. Sie errötete etwas. Sie hatte ganz die
Zeit vergessen. Wie gerne hätte sie noch etwas bei Waldi
gesessen, doch statt dessen sollte der dicke Miller sie nun
ficken. Er würde sein Übergewicht auf ihr platzieren und
ihr fast die Luft nehmen. Aber dafür gab's gutes Geld.
Anschließend wollte der dicke Miller immer von Sabrina
geritten werden, selbstverständlich rücklings. Er bestand
darauf, dabei alles sehen zu können.

"Tschüs Waldi!" sagte Fanny. Sie hatte sich inzwischen
angezogen und verschwand nun mit Sabrina, die so aus-
sah wie Valerie. Aber was spielte das noch für eine Rolle.
Die Vixen-Bar war offensichtlich ein Illusionstheater, ein
Illusionstheater mit sehr schlechtem Geschmack, ein
Theater, das verletzen konnte. Hatte der Philosoph alles

eingefädelt, um seine Argumentation mit suggestiven Bildern unangreifbar zu machen? Sollte alles Illusion gewesen sein?

Waldis Leben bestand aus einer Aneinanderreihung von Enttäuschungen. Das Leben hatte ihn zwar einigermaßen hart gemacht, aber es traf ihn immer wieder, und das in solch konzeptlosen Augenblicken.

Waldi wusste nicht wie er sich fühlen sollte. Ein Mädchen, das ihn offensichtlich mochte, ließ sich bereitwillig von einem Krösus ficken. Eine Frau, die nicht zu unterscheiden war von der, die er wohl immer noch liebte, war mit von der Partie. Es war nicht der erste Tag in Waldis Leben, an dem er den Eindruck hatte, verrückt zu werden.

"Philosoph, was meinst du dazu?" - "Wir sollten uns noch ein Tänzchen anschauen." - Wer weiß, dachte Waldi, "vielleicht kriege ich ja auch noch Miriam zu Gesichte. Vielleicht ist alles nur ein böser, geiler Traum, und ich wache gleich neben Valerie auf. Aber dann fiel ihm wieder ein, dass Valerie ihn nach einem Urlaub verlassen hatte.

"Philosoph, wir sollten dieses Etablissement verlassen. Hier ficken zwei alte Bräute von mir rum für wenig Geld, und ich liebe sie noch."

"Das wusste ich nicht" meinte der Philosoph mitfühlend. Es stimmte ihn traurig, die Vixen-Bar nach so kurzer Zeit wieder verlassen zu müssen. Sollte doch Waldi allein gehen. Nein, das war kein schöner Zug. Sie verließen das Separee, warfen nochmals einen Blick auf die tanzenden Mädchen, auf die umherschwirrenden Bedienungen, die besonders heiß aussahen, sowie auf die Mädchen, die jemanden suchten, der ihnen Drinks spendierte.

Waldi war fest entschlossen, diese harte Geschäftswelt hinter sich zu lassen. Nun ja, diese Welt hatte auch ihre Annehmlichkeiten, und hier waren Fanny und Valerie verborgen. Vielleicht war die Vixen-Bar der Schlüssel zu seiner Vergangenheit, zu seinem Leben, der Schlüssel, den er immer gesucht hatte. Hier war vielleicht das Schlupfloch zu einer Parallelwelt, die ihm offen legte, alles zu ändern.

Er könnte wieder mit Fanny in Sankt Vith sein, ihr ein paar Tipps geben, wie man Auto fährt. Mit Valerie würde er wieder die Hügel der Talsperre besteigen, und eine der Wiesen würde an einem dieser Spätsommertage dazu einladen, sie zu nehmen. Vielleicht konnte Fanny endlich davon überzeugt werden, dass Liebe in den Dünen, im Sand, recht gut sein könnte.

Er würde nie wieder dick werden, dafür aber ein ordentlicher Mensch werden, sein Schlampenwesen über Bord werfen. Beide Frauen würden seinen stets gewaschenen Schwanz zur Verfügung haben. Waldi würde es lieben, wenn Fanny Pumps und Make-up tragen würde und wenn Valerie es schlicht trieb. Sämtliche Folgen des A-Teams würde er sich angucken und in Fragen des Geschmacks sich weiterentwickeln.

Man war nun schon draußen. Waldi fing an zu weinen, und der Philosoph reichte ihm ein Papiertaschentuch. Ein paar Minuten verstrichen, in denen Waldi jede Fähigkeit zur Artikulation verloren hatte. Der Philosoph zeigte Verständnis.

4.

Es dauerte nicht lange, bis sie wieder in der Praxis des Philosophen waren. Waldi hatte sich beruhigt und beschlossen seine Weiterreise erst einmal zu verschieben. Dieser Planet bot ihm irgendwie eine einmalige Chance. All das Erlebte konnte kein Zufall sein.

Dieser Planet bündelte seine Vergangenheit, bot Gelegenheiten, von denen er bisher nur geträumt hatte. Warum sollte er sich weiter auf die Suche nach Zeitmaschinen begeben, wenn dieser Planet ein Aktionsfeld seiner Träume darstellte, in dem die Zeichen auf Liebe gesetzt werden konnten?

Waldi nahm einen kräftigen Schluck Jägermeister, um zur Besinnung zu kommen. Am liebsten hätte er nach einer Zigarette gefingert, aber glücklicherweise waren keine mehr in Reichweite. Er erzählte dem Philosophen von seinem Plan, die beiden Frauen aus der Vixen-Bar zu entführen. Er wäre sicher in der Lage, ihnen ein besseres Leben zu bieten, und würde sie mit dem Gedanken des Feminismus und der Emanzipation vertraut machen.

Der Philosoph wollte ihm nochmals klarmachen, dass es keinen Sinn hätte, die Behandlung fortzusetzen. Waldi sei ein zu schwieriger Fall, um in wenigen Tagen für ihn philosophische Lebensstrategien zu entwickeln. Waldi wäre ein Opfer zahlreicher Illusionen, die sich zu einem nahezu unentflechtbaren Gewirr verbunden hätten. Grundlage einer Behandlung wäre es erst einmal, dieses Illusionsgeflecht zu zerstören. In seinem Wahn wäre Waldi ja schon in der Lage, kollektive Halluzinationen zu erzeugen. Ja, er selber wäre Opfer solcher Halluzinationen geworden. Es wäre ein Wahnsinn, jahrelang den gleichen Frauen nachzutrauern, einer verlorenen Vergangenheit nachzujagen, ja den Wahnsinn zu begehen, alle kulturellen und technischen Beschränkungen seines Heimatplaneten hinter sich zu lassen und im Universum mit Pappraumschiffen herumzugeistern, wo doch jeder wüsste, dass die Starfighter auf seinem Planeten aus Metall bestünden.

Waldi fragte sich, wieso das jeder wusste.

Der Philosoph fuhr fort: die größte Illusion sei das Gespenst der Liebe, das ihn in ein Labyrinth unerreichbarer, absurder Wünsche treiben würde. Es gäbe mehr als zwei Frauen. Im Kosmos lebten Millionen Frauen, die Waldi erobern könnte, und auf seinem Heimatplaneten ein Vielfaches mehr.

Hatte er sich jetzt versprochen, etwas verwechselt? Die Liebe sei ein unerreichbares Trugbild, was zählte wären ehrlicher Sex und Freundschaft.

Die Worte des Philosophen durchdrangen Waldi wie Neutrinos, falls diese existierten.

Neutrinos hatten die Eigenschaft, sich unbemerkbar zu machen. Sie fielen durch ihre Unscheinbarkeit auf, um nicht zu sagen, durch ihre Nichtexistenz. Waldi hatte sich noch keine tieferen Gedanken über Neutrinos gemacht, nur soviel ahnte er, dass man wohl nie ihre Welleneigenschaften, den Dualismus von Korpuskel- und Welleneigenschaften würde nachweisen können.

Waldi hatte eine physikalische Arbeit über die Fragwürdigkeit der Grundlagen der speziellen Relativitätstheorie geschrieben. Diese Arbeit hatte in Fachkreisen keinerlei Aufsehen erregt, war aber Grund genug, ihn aus der Forschung zu entfernen. Er hatte einen kleinen Bereich gehabt, eine Viertel-Stelle. Das waren knapp zehn Stunden in der Woche, durch die Waldi sich nicht überfordert fühlte.

In diesen Stunden hatte er die logischen Fehler der speziellen Relativitätstheorie herausgearbeitet. Dafür wurde er gefeuert. Das traf sich gut, da ihn Valerie kurz vorher verlassen hatte.

Die Worte des Philosophen prasselten weiterhin wie nicht existierende Neutrinos auf ihn nieder. Es machte ohnehin keinen Unterschied, ob sie existierten oder nicht. Waldi wandte ein, dass dem Philosophen die beiden Frauen doch auch sehr gut gefallen hätten. Er hatte nämlich gesehen, dass dieser beim Anblick der nackten Frauen einen Ständer bekommen hatte. Ihr Tanzen, ihr Sex hatte ihn sehr angemacht, das war unverkennbar gewesen. Der Philosoph hatte Fanny im Separee quasi angebetet. Waldi machte ihn auf diesen Umstand aufmerksam. Obwohl er sich nicht recht vorstellen konnte, dass eine der Frauen auf den Philosophen stehen würde, dachte er sich, da für kurze Zeit eine Liebe zu viert entstehen könnte.

Es würde ihm sicher nichts ausmachen zu sehen, wie Fanny vom Philosophen liebkost würde, wenn er gleichzeitig Valerie oder Sabrina, wie sie jetzt hieß, nehmen könnte. Anschließend könnten die Frauen die Männer tauschen.

Waldi versuchte trotz aller Neutrinos den Philosophen für die Entführung zu gewinnen. "Die Mädchen mögen dich. Eine jede Frau mit Geist und gutem Geschmack ist bereit, für ein gutes Gespräch einen guten Fick zu bieten." Waldi log, dass sich die Balken des Planeten bogen.

Der Philosoph unterbrach seinen Redefluss und versuchte sich daran zu erinnern, ob ein gutes, ein anspruchsvolles Gespräch ihm jemals einen Fick eingebracht hätte. Er konnte sich nicht erinnern. Aber diese Möglichkeit gefiel ihm, so dass er bereit war, seinen Realitätssinn entweichen zu lassen. Etwas Urlaub, etwas Abstand vom philosophischen Alltag würde ihm gut tun. Er würde sich voll und ganz darauf konzentrieren, die philosophischen Probleme der beiden Frauen zu lösen, und diese würden sich aus Dankbarkeit ficken lassen. Der Gedanke war erhebend, und die Saat verwirrter Waldi-Pläne ging auf. Heißer Sex konnte auch einen abgebrühten Philosophen aus der Reserve locken.

Im Gegenzug leitete nun Waldi einen Schwall von Neutrinos auf den Philosophen zu, der sich zu dieser späten Stunde nun das Recht nahm, ein wenig zu träumen. Am nächsten Tag konnte man ja die Dinge wieder zurechtrücken. Ihm war nicht so ganz klar, wieso ausgerechnet Fanny und Sabrina aus der Vixen-Bar entführt werden sollten. Wieso eigentlich nur zwei Frauen?

Er schloss die Augen und stellte sich die Cancan-Tänzerinnen der Vixen-Bar vor. Zugegeben, seine Vorstellungen schweiften oft zu Fanny ab, denn die Eindrücke waren zu frisch, aber diese bewegte sich in einer Gruppe von Tänzerinnen, die alle von ihm philosophisch beglückt werden sollten.

Vor dem Morgengrauen legten sich die beiden Männer schlafen. Bei der Aussicht, endlich nach seinen Lustprinzipien leben zu können, fiel der Philosoph in einen tiefen Schlaf, während Waldi an dem Plan zu basteln begann, die beiden Frauen zu befreien.

Die Eingänge waren im eigentlichen Sinne nicht bewacht, und so würde es keiner Waffen bedürfen, sondern einzig und allein der Schnelligkeit. Niemand rechnete mit einem Ausbruch, deshalb lag das Überraschungselement auf ihrer Seite. Das Hauptproblem war wahrscheinlich, die beiden Frauen zu einem neuen Leben zu bewegen. Waldi konzipierte in seinem Kopf eine Rede. Oder würde er doch eher mit leidenschaftlichen Küssen überzeugen? Ein One-Night-Stand-Girl hatte ihm einmal gesagt, er könne ganz gut küssen. Vielleicht war dies aber auch als Trost für den Umstand gedacht, dass er nicht gut im Bett war.

Während er seinen Gedanken und Plänen nach hing, schaltete sich die Projektionswand wieder an. Auch Egon auf den Bahamas wurde geweckt, nur der Philosoph schlief seinen Rausch weiter aus. Vielleicht träumte er aber von den gleichen Frauen, die wieder auf der Projektionswand erschienen, diesmal jedoch nicht nackt, nicht tanzend, nicht Kuchen essend. Nein, sie saßen in einem italienischen Restaurant und wurden gerade von einem äußerst gepflegten Kellner bedient, oder sollte man sagen, verwöhnt. Hier konnte Valerie Fanny zeigen, was sie unter ihrem Lebensstil verstand. Gewandt bestellte sie in ihrem Gastronomie-Italienisch die passende Vorspeise, die passende Hauptspeise, den passenden Wein.

Fanny wollte es eigentlich bei Bier und Pizza belassen, wollte aber dann doch nicht als Aschenputtel in die Geschichte der Gastronomie eingehen und passte sich deshalb in ihrer Wahl den Vorstellungen Valeries an. Von den Speisen, die sie bestellte, hatte sie bisher nur gehört, gegessen hatte sie diese noch nie. Sie versuchte allerdings nicht, auf italienisch zu bestellen.

Die Frauen waren zu ihrem Lieblingsthema, ihrem gemeinsamen "Ex-Lover" zurückgekehrt. Entsetzt verlor Waldi seine Pläne, seinen Optimismus und musste sich nun wieder das nachtragende Geschwätz dieser Weiber anhören. Der Philosoph hatte recht, dies waren narrende Halluzinationen, eine besondere Art von Alptraum, bei dem Doktor Freud seine Freude gehabt hätte.

Waldi wusste, dass alles, was kommen würde, nur dazu gedacht war, ihn zu zerstören, ihn in Verruf zu bringen, eine sinnlose Aneinanderkettung von Unwahrheiten.

"Ich habe mich geekelt, ihn zu küssen", sagte Valerie, "weil er sich nicht die Zähne putzte. Er war gar nicht in der Lage, sich die Zähne richtig zu putzen."

Und Fanny fügte hinzu: "Er wusch viel zu selten seinen Schwanz. Ich hatte manchmal Ekel, mit ihm zu schlafen."

"Das war doch kein Mann. Ich wollte leidenschaftlich genommen werden, aber statt dessen wollte dieser Psychopath, der andauernd Angst hatte, vergiftet zu werden, von mir diese lahme Rentnerstellung. Jeden Tag kam er vollkommen erschöpft von der Arbeit und war gerade wieder einem Vergiftungsanschlag entkommen. Er überwachte mich, wenn wir bei seinen Eltern waren, er überwachte mich, weil er befürchtete, ich könnte seine Eltern vergiften. Sie waren sehr nett. Ich wusste ja am Anfang nicht, auf was bzw. auf wen ich mich da eingelassen hatte. Er hatte so eine Art, über alles offen zu reden, so dass ich zuerst dachte: So schlimm kann es nicht sein!"

"Das mit der Offenheit war seine Masche", wandte Fanny ein. Im übrigen war sie etwas schockiert, dass sich der Zustand von Waldi über die Jahre so verschlechtert hatte. In ihrer Beziehung hatte er eigentlich nur einen kräftigen Eifersuchtswahn entwickelt. Ganz am Anfang war die Paranoia dann doch ausgebrochen. Sie erzählte Valerie von dem Nuttenwahn.

Waldi schwitzte, und der Philosoph schlief. Einen Moment dachte Waldi daran, ihn zu wecken, um einen Zeugen für die Ungeheuerlichkeit zu haben, aber er befürchtete, die Projektion könnte sich inzwischen verflüchtigen. Seine Neugier übertraf sein Entsetzen.

Nachdem sie ihn als Wahnsinnigen abgestempelt hatten, musste Fanny eine Geschichte über seinen Psychoterror erzählen.

Er setzte sie unter Druck, wenn sie sich Make-Up auftragen wollte. Sie habe nur selten Wimperntusche, Lidschatten und Eyeliner benutzt, um ihre Augen zu betonen, aber jedesmal habe er ihr eine Szene gemacht. Einmal seien sie zusammen zur Uni gefahren, und er habe wegen ihrem Make-Up kein Wort mit ihr geredet, sondern sei wortlos weggegangen, ohne ein Treffen für die Heimfahrt auszumachen. Außerdem hätte er Kosmetikwerbung in seinem Zimmer aufgehängt, um ihr zu zeigen, dass sie ebenso aussähe wie diese hohlen Frauen. "Dann war ich ihm zu nuttig angezogen."

Valerie lachte auf. Bei ihr hatte er immer ein wenig darauf bestanden, dass sie sich nuttig anzog. Bei einer Geburtstagsfete hatte er sie sogar extra gebeten, sich möglichst scharf anzuziehen. "Er wollte damit seinen Freunden zeigen, was für einen heißen Schuss er aufgegabelt hatte."

"Der Mann ist doch total schizophren!" rief Fanny aus.

"Sein Zahnarzt meinte kürzlich, er sei eine Dreckssau." Fanny fragte nicht nach, wie Valerie zu solch einer Äußerung von Waldis Zahnarzt gekommen sei.

"Er hat mich einmal mit einem Pilz beglückt." fuhr Valerie fort," mit einem Scheidenpilz."

Man war sich in der Verurteilung von Waldi einig. - Das Essen kam, und die beiden Frauen wollten sich nicht mit diesen unästhetischen Themen den Appetit verderben.

"Salute!" meinte Valerie.

Waldi schloss die Augen und versuchte zu schlafen, aber die beiden waren allzu gesprächig. Er hätte auch bei drei Tagen Schlaflosigkeit in dieser Situation nicht einschlafen können. Wie lange diese Projektion auch andauern mochte, er musste ihr Zeuge sein, obwohl es sehr schmerzhaft für ihn war. Vielleicht, so hoffte er, würde das gute Essen die Frauen auf gute Gedanken bringen, so dass sie ein paar Nettigkeiten über ihn berichteten.

Er vermisste Worte über sein Einfühlungsvermögen und über seine Intelligenz. Doch nichts dergleichen kam.

Waldi überlegte kurz, ob er nicht nach draußen gehen sollte, vielleicht zurück in die Vixen-Bar zu einer anderen Fanny, zu einer, die ihm liebevoll in die Augen sah, wenn er einen Drink ausgab. Kein schlechter Gedanke! Andererseits würde er vielleicht wichtige Gesprächsteile verpassen. Die Doppelgängerinnen in der Vixen-Bar liefen ihm ja nicht weg, also blieb er und hörte sich den Rest des Gesprächs an.

Egons Überwachungsgerät hatte sich angeschaltet und Egon aus einem süßen, marsianischen Traum geweckt, der allerdings einige Perversionen aufwies. Er handelte unter anderem von Jägermeister und von Fanny, Meister Proper und Valerie. In diesem Traum waren Meister Proper und Fanny ein Paar. Sie tranken viel Jägermeister. Eines Tages kam Valerie vorbei und brachte Botschaft von Waldi. Meister Proper verliebte sich in die hübsche Valerie, die in jeder Beziehung zu ihm passte. Auch Valerie bemerkte, dass Meister Proper genau der Mann war, den sie sich erträumt hatte. Er war gepflegt, intelligent, Nichtraucher, machte eine gute Figur, war erfolgreich. Von nun an blühte Valerie auf. Bevor Fanny in Verzweiflung stürzte, rief sie bei Egon an und fragte ihn um Rat. Egon riet ihr, mehr Jägermeister zu trinken und sich vielleicht wieder mit Waldi zu liieren. Ein absonderlicher Traum für einen Marsianer, aber Egon war praktisch schon halber Hasberger.

Irgendwie liebte er Fanny, auch wenn diese Liebe nie ihren körperlichen Ausdruck finden konnte, sie nie ein Paar werden würden. Befriedigte Egon sich selber mit Fanny im Kopf? Selbst wenn er ihren Kitzler bestiegen hätte, hätte sie nichts bemerkt. Jedenfalls nahm er das an, ganz sicher war er nicht.

Er war relativ erstaunt, dass die Überwachungsautomatik ihn geweckt hatte, da die Szene nichts Besonderes bot. Fanny saß mit Valerie in einem italienischen Restaurant. Sie aßen relativ teure Sachen und unterhielten sich über Waldi. Manchmal hatte Egon Mitleid mit Waldi, den er nie persönlich kennengelernt hatte. So wusste er auch nicht, dass Waldi mit einem Pappraumschiff durch die Milchstraße geisterte. Ihm war gänzlich unbekannt, dass solche Entfernungen ohne nennenswerten Aufwand bewältigt werden konnten. Die marsianische Raumfahrt erreichte nur den Neptun. Es bestand kein weiteres Interesse, den Pluto zu erreichen.

Egon wusste auch nicht, dass Waldi mit der Zeit wie er zum Jägermeisterliebhaber geworden war und dass Waldi ca. 600 Lichtjahre von ihm entfernt die gleichen Bilder sah. Er kannte Waldi nur vom Hören.

Diese Frauen konnten erbarmungslos in ihrer Kritik sein. Sosehr er Fanny schätzte, er hatte nie verstanden, warum sie Waldi verlassen hatte.

Die Hauptspeise wurde aufgetischt, und Egon bekam Appetit. Kalbfleisch in Weißwein-Sauce. Nicht schlecht. Auch Waldi bekam Appetit auf etwas Gutes, obwohl ihm ja eigentlich zum Kotzen zumute war. Es war wohl kein Zufall, dass Valerie nun sein Übergewicht zur Sprache brachte. Er hätte in der Zeit, wo sie zusammen waren, 15 Kilo zugenommen. Dickbäuchig hätte er so dagesessen, ein absolut unästhetischer Anblick. Immer und immer wieder hätte er ihr versprochen abzunehmen. Das habe nichts mehr mit Ästhetik zu tun gehabt, sich von einem solchen Dickwanst ficken zu lassen.

"Während meiner Zeit hat er sein Gewicht gehalten", wandte Fanny ein. "Ich fand, dass er ein schöner Junge war, ungepflegt zwar, aber mir gefiel er."

Waldi begann aufzuatmen. Endlich wurde etwas Positives über ihn gesagt. Wurde auch langsam Zeit. Irgendein galaktischer Operator, der es gut mit ihm meinte, schaltete die Übertragung ab. Die Projektionswand war nun schwarz, und einige Minuten später schlief Waldi ein. Er war ein schöner Junge, hatte sie gesagt.

Waldis Schlaf war alles andere als traumlos. Er träumte von einer jungen Frau, die sich Vicky nannte. Vicky war Französin, und da Waldi kein Französisch sprach und Vicky keinerlei Fremdsprachen beherrschte, blieb die Kommunikation im Traum auf Zeichensprache beschränkt.

Vicky konnte süß lächeln, aber was wollte sie ihm sagen? Waldi wurde Zeuge, wie Vicky von skrupellosen Sklavenhändlern entführt und an die Vixen-Bar verkauft wurde. Als Französin sollte sie dort die Leitung der Cancan-Truppeübernehmen. Fanny und Valerie leisteten erbitterten Widerstand. Sie schrien ins Publikum hinaus, dass sie die schöneren Hinterteile hätten.

Das wollte Vicky nicht unwidersprochen lassen, kurzerhand entblößte sie das ihre. Das Publikum tobte. Sie hatte die Entführung erstaunlich gut verkraftet. Waldi saß in der Loge der Vixen-Bar und verfolgte das Schauspiel.

Selbstverständlich entblößten nun auch Valerie und Fanny ihre Hinterteile. Waldi bekam einen Drink von Vanessa ausgegeben, die außer Konkurrenz einfach traumhaft aussah. Sie war die Geliebte der Geschäftsleitung. Waldi verstand zwar den Traum nicht, aber die Wendung mit den nackten Hinterteilen machte ihm Freude. Er fragte Vanessa, ob sie sich nicht an dieser Show beteiligen wolle.

"Gerne", meinte diese. "Aber das würde der Geschäftsleitung nicht passen!"

So blieb der traumhafte Körper von Vanessa, die gut und gerne zur Miss Universum gewählt werden konnte, weiter verhüllt. Von ihrem Gesicht ging ein Strahlen aus, dass Waldi eigentlich der Verdacht hätte kommen müssen, hier gehe etwas nicht mit rechten Dingen zu.

Das Publikum applaudierte den Hinterteilen zu, und man wünschte, diese in Folge noch einmal nackt sehen zu dürfen. Der Hintern von Valerie bekam am meisten Applaus. Sie hatte auch die Fähigkeit, ihn professionell zu präsentieren.

Waldi, der zu Anfang des Traumes noch in Vicky verliebt gewesen war, war nun Feuer und Flamme für Vanessa, die seine Hand hielt. Vanessa war so romantisch.

Über Lautsprecher wurden die drei Frauen aufgefordert, ihre Höschen wieder anzuziehen. Die Geschäftsleitung verlangte von ihnen, dass sie wieder ihre korrekte Cancan-Tracht trugen.

Das Publikum murrte etwas, aber die Geschäftsleitung bestand auf korrektem Auftreten. Anschließend sollten die Frauen wegen ihres freizügigen Vergehens mit Schlägen bestraft werden. Drei weitere Cancan-Tänzerinnen mit Ruten sollten die Bestrafung übernehmen.

Die drei Missetäterinnen mussten sich nach vorn beugen, ihre Röcke raffen, so dass man die Hinterteile wieder zu sehen bekam. Die Geschäftsleitung gab ein Zeichen für den Beginn der Strafe.

Waldi fand, dass Fanny und Valerie Strafe verdient hatten. Warum hatten sie ihn auch so böswillig verlassen. Er erinnerte sich, dass er vorhin noch die wärmsten Gefühle für Vicky gehabt hatte, die nun Schläge auf ihren Hintern bekam. Sollte er nicht versuchen, sie zu retten?

Vanessa guckte ihm tief in die Augen, und er vergaß seine Gefühle für Vicky. Er richtete sein Augenmerk nun auf den vergleichsweise fetten Hintern von Valerie, der mit Rutenschlägen bearbeitet wurde. Ihr gönnte er am meisten die Schläge. Es war eine Gemeinheit gewesen, ihn so zu verlassen. Als sie mit ihrer Freundin aus ihrem Urlaub zurückkehrte, hatte er sich eine halbe Stunde am Flughafen verspätet, und er hatte auch nicht die Wohnung geputzt. Aber war das ein Grund, ihn so zu behandeln?

Valerie stöhnte. Er wusste, dass ihre sadomasochistische Ader ihr erlaubte, die Bestrafung zu genießen. Sie flehte, man möge ihr das Höschen runterziehen, aber den Gefallen tat man ihr nicht.

Wutschnaubend ließ Fanny die Behandlung über sich ergehen. Sie versuchte ein Weinen zu unterdrücken. Vicky war ratlos und verstand nicht, wie sie in den Traum hineingeraten war. Sie versuchte Waldi zu erblicken. Der streichelte Vanessas Hand, wurde dann aber von mehreren kräftigen Männern überwältigt und in den Kerker der Vixen-Bar geworfen. Man durfte sich nicht an der Freundin der Geschäftsleitung vergehen.

Sein Zellengenosse war der Philosoph, der wegen ähnlich schwerer Vergehen seit Monaten hier einsass. Waldi war guter Dinge, weil er erwartete, dass die drei Sünderinnen zwangsläufig auch in dieser Zelle landen würden. Man könnte sich dann die Zeit mit lustigen Sexspielchen vertreiben.

Statt dessen aber erschien eine Projektionsfläche, auf der sich Fanny und Valerie zeigten und die üblichen Beschuldigungen losließen. Der Philosoph war eingeschlafen. Waldi fing an zu weinen. Warum hatte er soviel Pech in seinem Leben gehabt? Wäre er am Flughafen pünktlich erschienen und hätte er die Wohnung geputzt, wäre vielleicht alles anders geworden, schon Fanny hatte sich früher beschwert, dass er nie allein auf die Idee gekommen war zu putzen. Sie musste ihn immer dazu zwingen.

Der Traum nahm glücklicherweise eine optimistische Wendung. Vicky wurde in die Zelle gestoßen. Bei Fanny und Valerie hatte sich die Geschäftsleitung mit den Schlägen auf die Ärsche begnügt. Die beiden Frauen waren langjährige Mitglieder der Tanzgruppe und wussten sich unterzuordnen. Eine weitere Strafe war nicht nötig. Bei Vicky hingegen war der Freiheitswille offensichtlich ungebrochen. Die Schläge auf ihren Hintern wurden als nicht ausreichend befunden. Das Mädchen brauchte ein paar Tage Kerker, um zu lernen, wie man sich benimmt.

Waldi hörte auf zu schluchzen, als er die etwas ratlose Vicky sah. Er nahm sie in seine Arme, und Vicky, die ihn wiedererkannte, gab ihm einen Kuss, der nicht der einzige bleiben sollte. Sie begannen, sich leidenschaftlich zu küssen, während die Frauen auf der Projektionswand ihn weiter beschuldigten. Man hatte so ziemlich alle Fehler aufgezählt und suchte nach weiteren. Waldi wäre das typische Beispiel für Unzuverlässigkeit. Mit so einem Mann könnte man nicht auf Dauer zusammenleben.

Es war Valerie, die so sprach. Fanny fand Waldi intolerant, jedenfalls was ihren Make-Up-Gebrauch und ihren Umgang mit alten Freunden betraf. Wie hatte er ihr nur verübeln können, dass sie ein wenig zärtlich mit R. war. Waldi war so wenig zärtlich.

Währendessen tastete sich Waldis Hand zu Vickys Hinterteil vor, und er erlaubte sich, eine Backe zu kneten. Er fand es gut, dass sich Vicky an dem Gerede der beiden Frauen nicht störte, sondern dahin griff, wo sie seinen Schwanz vermutete, der inzwischen kräftig angewachsen war. Sie rieb an dieser Stelle.

Valerie beschwerte sich, dass Waldi so unpraktisch gewesen sei. Er bat Vicky ihren Rock auszuziehen. Nicht nur, dass er diesen famosen Körper noch einmal betrachten wollte, nein, er wollte Vicky auch nehmen. Sie war dazu offensichtlich bereit, entledigte sich ihrer Röcke und wollte wissen, ob ihm die Farbe des glänzenden dunkelblauen Höschen gefiele. Waldi bat sie, auch dieses auszuziehen.

Währenddessen schlief der Philosoph, und die beiden Frauen auf der Projektionswand machten eine kreative Pause, versuchten neue Anklagepunkte zu finden und tranken eine Tasse Tee. Vicky zierte sich nicht, das Höschen auszuziehen.

Vicky bestand darauf, ihm ihre Brüste zeigen zu dürfen. Sie waren groß, jugendlich und mit der nötigen Empfindsamkeit ausgestattet, die Frauen erlaubt, noch geiler zu werden. Valerie und Fanny wären sicher vor Neid erblasst, hätten sie die Brüste von Vicky gesehen.

Vicky bat Waldi, sanft in sie einzudringen. Man machte es auf dem Kerkerboden, und Vicky, die nun splitternackt war, bot ihr Hinterteil an. Waldi konnte es sich nicht verkneifen, den Finger in ihre Pussy zu stecken. Als Reaktion bewegte Vicky sich und öffnete sich nun ganz. Zärtlich drang er in sie ein, und während er Vicky zum ersten Mal liebte, allerdings nur im Traum, begannen die Frauen, weitere Kritikpunkte zu suchen und vorzubringen. Waldi, der sich langsam in Vicky bewegte, hörte sich alles gelassen an.

"Wie unpraktisch er doch war. Er konnte noch nicht einmal mein Fahrrad reparieren. Ich will einen praktischen

Mann und einen Nichtraucher!" meinte Valerie. Fanny versuchte das Rauchen aufgegeben. Sie war die Ursache dafür gewesen, dass Waldi mit dem Rauchen angefangen hatte.

Vicky verlangte nun von ihm, etwas fester zu stoßen. Als sie kam, applaudierten die beiden Frauen. Wütend warf Vicky eine Tasse des Philosophen gegen die Projektionswand. Die Tasse zerbrach in tausend Stücke, die Frauen verschwanden.

Waldi konnte sich nun voll auf Vickys Körper einstellen, der einem weiteren Orgasmus entgegen strebte. Es war keine Frage, die beiden liebten sich. Nachdem sie miteinander geschlafen hatten, konnten sie nicht aufhören, sich zu küssen.

Vicky wollte wissen, warum er hier im Kerker sei, und ohne die Wahrheit zu leugnen, erzählte Waldi, dass er sich in Vanessa, die Geliebte des Managements, verliebt hätte, als sie und die beiden anderen Frauen auf der Bühne gewesen wären. Waldi bekam einen Fußtritt und wachte auf.
Er versuchte sich zu orientieren, sah, dass die Projektionswand tot war und der Philosoph Kaffee kochte. Und während Waldi sich orientierte, vergaß er seinen Traum.

Verkatert konnte er keinen Kaffee genießen und hoffte in dieser verkaterten Stimmung den Philosophen für seine Pläne, die beiden Mädchen zu entführen, gewinnen zu können. Der Philosoph hoffte, dass Waldi seine Pläne nicht ernst nahm, dennoch war er bereit auszusteigen. Er wusste also eigentlich nicht, was er hoffen sollte. Ihm bot sich eine Chance, seine fragwürdige Existenz hinter sich zu lassen. Er begehrte diese jungen Frauen, konnte sich aber mit seinem Taschengeld keine von ihnen leisten.

Waldi fragte den Philosophen, wer Vicky sei, worauf dieser antwortete, er kenne keine Vicky. Er vergegenwärtigte sich hingegen noch einmal, dass seine eingerostete Sexualität seit dem Zusammentreffen mit Waldi wieder aktiviert worden war. Diese Fanny im Separee hatte ihn voll auf Touren gebracht, selbst die kurze Geschichte über Marilyn Monroe hatte ihn angetörnt. Waldi mochte allen Illusionen des Universums aufgesessen sein, aber er brachte etwas Bewegung in sein Leben. Was stand denn schon auf dem Spiel?

Zugegeben, seine bescheidene Existenz war abgesichert. Er kam aus, aber ohne sich die Dinge leisten zu können, die dem Leben seinen Reiz gaben. Sein Leben verlief ohne Höhepunkte, abgesehen von den wenigen Arbeitsgesprächen, die zu Höhenflügen wurden, deren Auswirkungen sich später aber wieder relativierten, so dass das Euphorische als Überschätzung enttarnt wurde.

Im Grunde war es auch eine traurige Angelegenheit, sich auf ein paar Bier in die Vixen-Bar zu begeben und den schönen, angezogenen Tänzerinnen zuzusehen. Es fehlte doch sogar an den Mitteln, eines der Mädchen zu ein paar Drinks einzuladen, geschweige denn mit einer der Frauen ins Separee zu gehen. Waldi war seine Chance.

Eines war allerdings klar, sowohl Waldi als auch er müssten diesen Planeten verlassen, und er, der Philosoph, würde auf Lebenszeit das Recht verlieren, seinen Beruf auszuführen. Schwere Kerkerstrafen würden auf sie beide warten. Es gab keine Möglichkeit, die Entführung unerkannt durchzuführen. Maskiert durfte man die Vixen-Bar nicht betreten. Warum auch?

Waldi quälte die Frage, ob die Mädchen freiwillig mitgehen würden. Er hasste Gewalt und war waffenlos.

"Das Unternehmen läuft heute", sagte er trotzdem geradeheraus, und der Philosoph freute sich, dass Waldi eine Entscheidung getroffen hatte. "Ich bin mir nur nicht sicher, ob wir die Mädchen freiwillig rumkriegen. Ich verabscheue Gewalt!"

Der Philosoph ging zum Wandschrank und fischte aus der untersten Schublade zwei erstklassige Pistolen, die ein alter Pirat ihm vor Jahrzehnten geschenkt hatte, weil der Philosoph ihn von seinem Totenkopfsyndrom kuriert hatte. Waldi nahm eine der Waffen in die Hand und sagte: "Nun haben wir die Wahl."

In Wirklichkeit aber hatte er keine Wahl. Er würde nie Gewalt anwenden. Auf der Erde wäre er niemals auf die Idee gekommen, eine oder beide Frauen zu entführen. Die Frauen hatten sich aus guten Gründen von ihm getrennt, selbst in der heißesten Trennungsphase hatte er nicht mehr um Valerie gekämpft. Er hatte immer und immer an sie gedacht, aber absolut nichts unternommen, um sie zurückzugewinnen. Im Gegenteil, er behauptete sogar selbst, nicht mehr mit ihr zusammen sein zu wollen. Manchmal räumte er ein, dass er Lust auf sie hätte, doch aus der Umsetzung seiner Lust wurde aber nichts, da er ja so schlecht im Bett war.

Mit Fanny hatte er auch nichts Ernsthaftes versucht, nachdem diese ihn endgültig abserviert hatte. Irgendwann hatte er dann mit ihr noch Ganzkörperkondomsex getrieben, aber nur einmal.

Eigentlich war die Entführung ein fragwürdiges Unternehmen, und Waldi hatte keine Ahnung, was er von dem Projekt zu erwarten hatte. Sie würden mit zwei Frauen zusammen sein, die aussahen wie seine Exfreundinnen, von denen aber keine eine Ahnung von ihm und seinen Schwächen hatte.

"Ohne Waffen" sagte Waldi entschlossen zum Philosophen, und dieser steckte die Pistolen zurück in die Schublade. Waldis Pappraumschiff war überaus schnell und bot vier Insassen gut Platz. Waldi bat den Philosophen, seine wichtigste Habe zusammenzupacken und ins Raumschiff zu bringen. Der Philosoph folgte der Aufforderung bereitwillig.

Eigentlich war es lächerlich, einen so großen Realisten wie ihn zu einer solchen Unternehmung bringen zu wollen, aber der Realismus bringt manchmal ein karges Leben mit sich und man muss sich dann mit Phantasie helfen, dachte der alte Mann.

Man sammelte etwas Geld zusammen und entschloss sich, zur Vixen-Bar zu gehen. Tagsüber waren die Mädchen billiger. Die beiden Männer wollten versuchen, Va-

lerie und Fanny zu ihrem Tisch zu bitten. In seiner Jack-
entasche versteckte Waldi eine große Flasche Jägermeister. Mit ein paar Schlucken des Kräutertrunks wären die
Mädchen vielleicht eher willig, die verrückte Tour mitzu-
machen.

Die Männer tranken sich unterwegs noch etwas Mut an.
Eine unangenehme Spannung bemächtigte sich ihrer. Der
Türsteher der Vixen-Bar begrüßte sie freundlich in der
Mittagshitze. Diesen Türsteher galt es, später zu übertöl-
peln.

In der Bar wählte man einen Tisch nahe dem Eingang.
Waldi fragte nach Fanny, die bald darauf freundlich auf
sie zukam. "Wir möchten dir und deiner Freundin ein
paar Drinks spendieren." - "Ihr meint Sabrina ?" - "Ja",
antwortete Waldi.

Fanny verschwand, um kurz darauf mit ihrer Freundin,
die in einem Ballettanzug steckte, zurückzukommen.
Waldi grüsste mit "Hallo, Valerie." - "Ich heiße Sabrina"
entgegnete diese trotzig.

"Du bist aber in Wirklichkeit Valerie", meinte Waldi weise. "Lass mir den Spaß, dich Valerie zu nennen! "

"Wenn du dafür bezahlst! " sagte Sabrina neckisch und
setzte sich sofort mit der Geschäftsleitung in Verbindung,
um sich zu erkundigen, was dieser seltsame Extrawunsch
kosten würde.

Der Philosoph dachte: "Die könnte schwierig werden."
Jetzt war noch Zeit auszusteigen und sein Zeug aus dem
Raumschiff zu holen. Immer diese überflüssigen Gedan-

ken. Waldi begann heimlich Jägermeister auszuschenken und war Valerie dankbar, dass sie nicht die Geschäftsleitung verständigte. Es stellte sich heraus, dass sie eigentlich nicht übel war.

Ich bin Valerie", meinte sie beschwipst. Waldi stellte sich als der wichtigste Filmproduzent der Galaxis vor, der zufälligerweise, daher mittellos, diesen Planeten besucht hätte. Er hätte auch Marilyn Monroe entdeckt.

"Marilyn Monroe!" staunten die beiden Mädchen. Von der legendären Monroe hatten sie auch schon gehört. Die hatte doch die Hauptrolle in dem Film "Das verflixte 20. Jahrhundert" gehabt.

Waldi stellte den Philosophen als seinen alten, aber armen Freund vor, der ihm schon oft aus der Patsche geholfen hätte. Das klang glaubwürdig.

Man konnte natürlich nicht davon ausgehen, dass die beiden Frauen sich in den nächsten Minuten in die beiden Männer verlieben würden. Sie waren nett zu ihnen, wie sie es immer zu ihren Kunden waren, mehr nicht.

Einen Moment lang hoffte Waldi, der Philosoph hätte die Pistolen heimlich eingesteckt, doch das hatte er nicht. In diesem Moment der Verzweiflung entschloss sich Waldi zur Flucht nach vorne. Er gab jedem nochmals einen kräftigen Schluck Jägermeister.

Die Frauen kicherten, ein so komisches Gesöff hatten sie noch nie getrunken, aber sie fanden Gefallen daran.

"Hört mal Mädchen", sagte Waldi, "wir wollen mit euch zur Erde reisen. Dort ist es sehr schön, und es gibt Jägermeister in unbegrenzten Mengen. Es gibt klare Seen aus Jägermeister. Ein Leben auf der Erde bedeutet Urlaub ohne Ende. Ihr bräuchtet nicht mehr zu arbeiten."

Obwohl den beiden Frauen ihre Arbeit etwas Spaß machte, war die Aussicht, nicht mehr arbeiten zu müssen, sehr verlockend. Keine schwitzigen Bäuche mehr, die sie bedienen mussten. Sie hatten aber Angst, bestraft zu werden, wenn sie die Vixen-Bar verließen. Sie waren ja quasi Leibeigene.

Valerie fühlte sich in ihrer Haut gar nicht wohl, während Fanny, die am Joint des Philosophen zog, Gefallen an diesem aufregenden Gedanken fand. Von Zug zu Zug konnte sie sich mehr für diesen Plan begeistern, und da sie großen Einfluss auf ihre Freundin hatte, musste diese mitkichern, mitziehen. Mit ihren großen blauen Augen schaute Valerie sich nach der Geschäftsleitung um, die aber glücklicherweise außer Sicht war und sich in den Separees vergnügte.

5.

Der Augenblick war günstig. Ein letzter Schluck, ein letzter Zug, kein Gerede mehr. Fanny in ihrem Cancan-Kostüm und Valerie in ihrem Ballettanzug schmiegten sich an die Männer. Fanny nahm den Philosophen in den Arm, Waldi schnappte sich die zaudernde Valerie. Man tat verliebt und machte den Eindruck, als wolle man gemeinsam ins Separee.

Die vier bewegten sich Richtung Ausgang, so als wollten sie frische Luft schnappen, doch den Mädchen war jeglicher Ausgang verboten. Da war auch kein Luftschnappen drin. Waldi nahm all seinen Mut zusammen. Er gab das Zeichen, und sie hasteten zur Tür.

Dem verdutzten Türsteher gab Waldi eins auf die Nase. Fanny zog ihre Stöckelschuhe aus, um schneller laufen zu können.

Bald waren sie im Dickicht, hasteten durch den Park, wo ihnen ein paar erstaunte Elfen nachschauten. Sie gelangten zum Pappraumer, und ihre Verfolgung war noch nicht organisiert.

"Macht's euch bequem", meinte Waldi und schaltete den Highscreen - Computer an. Das Raumschiff war unter Insidern dafür berühmt, innerhalb von Sekunden startklar zu sein! Und so flog es davon, ohne von der planetaren Polizei behelligt zu werden. Und da der Pappraumer das schnellste Raumschiff in diesem Teil der Milchstraße darstellte, dauerte ihre Reise nur wenige Wochen.

Schon nach der ersten Flugstunde wollte sich der Philosoph an Fanny ranmachen, die ihn aber mit der Begründung abwies, sie sei nicht im Dienst. Damit war dann vorerst alles geklärt. Auch der überaus charmante Waldi bekam von Fanny und Valerie eine Abfuhr. Die Männer hatten zuerst ein Einsehen und hofften, die Liebesbedürfnisse der beiden Frauen würden auf der Erde langsam wieder erwachen. Dort würden sie ihre Chancen wahrnehmen.

Während der Flugzeit vergnügte man sich mit Kartenspielen und Jägermeister, im Hintergrund lief meist Elvis-Presley- Musik, auf besonderen Wunsch von Valerie, die Gefallen an dieser Musik gefunden hatte.

In den Computer hatte Waldi die Insel Maskara als Zielpunkt ihrer Reise eingegeben. Maskara lag Tausende Kilometer von Hasberg entfernt, quasi auf der anderen Seite der Erdkugel. Maskara hatte ein ausgeglichenes, ozeanisches Klima, das dem von Madeira nahe kam. Die Insel war kaum in einem Atlas zu finden, weil sie so unbedeutend und unbeliebt war, und das bei einer Größe wie Mallorca.

Waldi hatte Maskara noch nie besucht, kannte die Insel aus Erzählungen und wusste, dass sie zu Südpolynesien zählte. Sein PC besaß natürlich die genauen Koordinaten von Maskara. Die Insel lag irgendwo zwischen Tahiti und der Osterinsel, ein wenig südlicher.

Waldi machte seine Gäste mit ihrem Ziel vertraut. Der Philosoph wäre lieber in Hollywood abgestiegen, um Marilyn Monroe zu begegnen. Waldi vermied es, ihn aufzuklären. Statt dessen log er - er wusste eigentlich gar nicht, warum -, Marilyn Monroe würde zu dieser Jahreszeit öfters Urlaub auf Maskara machen.

Valerie und Fanny sahen verführerisch aus. Fanny zog meist ihr das Cancan-Kostüm an, obwohl Waldi bei einer der nächsten intergalaktischen Tankstellen reizvolle Frauenkleider besorgt hatte.

Da sie die ganze Zeit Karten spielten, versuchte er irgendwann, die Frauen für eine Partie Strippoker zu gewinnen. Es war recht schwierig, ihnen den Sinn des Spiels zu erklären. Als sie ihn verstanden hatten, waren sie aber keineswegs bereit dazu, denn solche Spiele spielten sie eigentlich nur gegen Bezahlung.

Valerie wurde schon wankelmütig, sie stellte gerne ihren nackten Körper zur Schau, aber Fanny verhielt sich eisern. Geschäft war Geschäft. Sie konnte sehr nett sein, wenn die Geschäftsbeziehungen stimmten. Sie war nicht die Frau, die die Dollars in den Augen hatte, aber sie hatte ihre Prinzipien. Im bezahlten Rahmen konnte sie durchaus liebenswürdig sein und die Dinge tun, die den Preis zu einem reinen Symbolpreis machten. Das hatte sie Waldi und dem Philosophen zu verstehen gegeben.

Valerie vertröstete die Männer auf später. Sie hatte allerdings den Verdacht, Waldi könnte schlecht im Bett sein.

Fanny war auch durch einige Joints, die der Philosoph ihr drehte, nicht rum zu kriegen, etwas freizügiger zu sein. Das war eigentlich untypisch für sie, dachte Waldi. Er kannte Fannys Geschichte und wusste, dass wenige Gramm Haschisch für sie ausreichten, um sich hinzugeben. Fanny ist eben nicht Fanny, dachte Waldi bei sich.

Es kam ihm sowieso so vor, als ob die Weiber seines Raumschiffes eine Spur blöder wären als die Originale.

So wurde aus der Reise kein großes Sexabenteuer, obwohl es auf dem engen Raum nur so vor Erotik prickelte. Aber das war ganz natürlich und die Frauen unschuldig. Was konnten sie schon dafür, dass sie so begnadete Körper und so hübsche Gesichter hatten? Man konnte ihnen daraus keinen Vorwurf machen. Bedauerlich war nur, dass sie überhaupt kein Mitgefühl für die Bedürfnisse dieser Männer zeigten. Täglich hatten sie im Vixen mit Männerbedürfnissen zu tun gehabt, Männerbedürfnisse befriedigt. Aber die beiden Prostituierten hatten nun mal Urlaub, zum ersten Mal. Konnte man es ihnen verdenken, dass sie etwas abgestumpft waren? Männerschwänze und Männerschweiß hatten sie genug gehabt.

Waldi gefiel Fanny und Valerie, die eine aber hatte das Gefühl, er würde sie in einer Beziehung einengen, die andere, er könnte schlecht im Bett sein.

Ihr Abenteuer nahm also eine Wendung, mit der die Männer in Erwartung heißer Orgien nicht gerechnet hatten. Aber die Frauen waren durchaus nett und gesellig, und als die Verdummungswolke sich entschloss, sich ein wenig aus dieser Galaxis zu entfernen, nahm auch das Niveau der Gespräche zu.

Nur einmal konnte Valerie ihren eigentlichen Neigungen nicht widerstehen, versuchte in dem kleinen Raumschiff einen Tanz und zog sich dabei ganz aus. Sie ähnelte der Valerie, die Waldi kannte, total. Auch die beiden kleinen Pigmentflecken am rechten Fuß waren da, wo sie hingehörten.

Sie zog sich aus und tanzte, bis sie ganz nackt war; unnötig zu sagen, was die Männer empfanden. Sie war dann auch bereit, sich von ihnen ficken zu lassen, aber Fanny schritt tadelnd ein und erklärte, dass man so was im Urlaub nicht tue.

Valerie hörte auf ihre Freundin. Die beiden Männer mit ihren Ständern und ihrer Erregung waren an diesem Tag nicht gut auf Fanny zu sprechen. Der Philosoph zeigte sich beleidigt und war auch nicht bereit, auf neugierige philosophische Fragen von Valerie zu antworten. Man sei ja schließlich im Urlaub.

Seitdem sich die Verdummungswolke verzogen hatte, entwickelte sich bei Valerie ein reges philosophisches Interesse, eine Neugierde, die unser Philosoph kaum befriedigen konnte. Ihr weiteres Interesse galt der Gartenarchitektur. Als sie von Waldi wissen wollte, ob sich auf Maskara eine Golfanlage befinde, schluckte dieser. "Wozu willst du das wissen?" fragte er bitter.

Der Philosoph dachte daran eine Philosophenschule auf Maskara zu gründen. Valerie, in einem schicken Tanga sollte ihm assistieren.

Fanny wollte die südpolynesische Kultur und ihre Sprachen studieren und nebenbei anschaffen gehen. Sie wollte von Waldi wissen, ob es einen Nachtclub auf Maskara gebe. Die Richtung des Gesprächs war Waldi unangenehm. Irgendwie hatte er das Gefühl auch diese Frauen nicht halten zu können, aber getreu seinen Prinzipien blieb er erstmal bei der Wahrheit.

"Ja, das 'Dreieck des Südens', ein elegantes Stripteaseetablissement im französischen Kolonialstil mit jeder Menge Separees", antwortete er. Die Arbeitsbedingungen wären dort viel freier für die Mädchen, eine Freiheit, die sich eine ehemalige Mitarbeiterin der Vixen-Bar gar nicht vorstellen könnte. Vor allen Dingen hätten die Mädchen dort mehr vom Spaß der Männer.

Waldi konnte ganz schön paradox sein. Er wollte doch eine für sich, ihm fiel aber nichts anderes ein, als mit seiner Gewissenhaftigkeit den jungen Frauen die Prostitution schmackhaft zu machen. Es machte wirklich manchmal den Eindruck, als ob die Verdummungswolke schon sein ganzes Leben lang auf ihn Einfluss genommen hätte. Er sagte sich immer, dass er den Lauf der Dinge mit Unwahrheiten wesentlich hätte verändern können.

Waldi konnte ein leidenschaftlicher Lügner sein, dies tat er dann aber aus Freude an der Täuschung und nicht, um irgend etwas für sich zu erreichen. So war er nun mal. Er kämpfte ab und zu mit sich, ob er den Frauen den wahren Grund ihrer Entführung mitteilen sollte. Hätten sie ihn verstanden? So vertrieb man sich seine Zeit mit Karten und Jägermeister.

In seinen Träumen stellte sich Waldi ein geruhsames Leben als Kajalnussanbauer oder Maskaramuschelsucher vor. Zu Hause würde eine liebevolle Ehefrau mit dem Essen auf ihn warten. Valerie und Fanny wären seine beiden Frauen, und der Philosoph wäre der Patenonkel seiner Kinder. Er würde Fanny gestatten, ein wenig Polynesisch zu lernen, und Valerie dürfte ab und zu im Tanga beim Philosophen aushelfen. Es kam überhaupt nicht in Frage, dass Fanny und Valerie im "Dreieck des Südens" arbeiten gingen.

Irgendwann stellte er in seinen Träumen fest, dass dies sehr patriarchalische Träume waren. War er denn Mormone? Er musste sich schon für eine der Frauen entscheiden. Aber für welche? Das Problem würde sich vielleicht von allein lösen: die eine Frau würde sich von ihm abwenden, die andere sich ihm zuwenden. Würden sich beide Frauen von ihm abwenden, würde er weiter Jägermeister trinken oder vielleicht auch den heimischen Rotwein. Ja, Rotwein war auf Maskara bestimmt besser als Jägermeister, und im übrigen würde er sich mit seinen Muscheln und Nüssen beschäftigen.

Er hatte keine genaueren Kenntnisse, wozu dieses Zeugs gut war, doch Kenner der ganzen Welt waren begeistert. Die Muscheln und Nüsse zählten zu den Grundnahrungsmitteln auf Maskara und zeichneten sich durch einen einzigartigen Geschmack aus.

Aber nicht nur, dass sie ganz gut schmeckten, traditionell wurden sie zusammen zubereitet, und in dieser Kombination zu sich genommen, breitete sich bei den Essenden eine leichte Euphorie aus, die aber als selbstverständlich hingenommen wurde und nie zur Überschwenglichkeit führte, es sei denn, man trank zuviel.

Eine wichtige Eigenschaft dieser Speise sollte allerdings nicht unerwähnt bleiben. Sie war vollkommen unverträglich mit Nikotin. Sobald jemand im Raum eine Zigarette anzündete, wurden die Anwender von Bauchkrämpfen gekrümmt, und der Raucher bedurfte einer ärztlichen Behandlung. So kam es, dass Nikotin auf der Insel verboten war.

Im letzten Krieg gegen die Welt, dem Nikotinkrieg, hatte man diese Nikotinrauchbomben über der Insel abgeworfen. Früher hatten mächtige Zigarettenkonzerne Anschläge auf die Muschelbänke verübt, heute gab man sich damit zufrieden, die Nuss und die Muschel weltweit zu ächten. Man ächtete sie als Drogen, obwohl pharmazeutisch eine euphorisierende Wirkung der Kombination kaum nachweisbar war und die große Giftigkeit nur zusammen mit Nikotin auftrat.

So hatte die Welt der Raucher ihre Ruhe und Maskara seine Ruhe. Ein kleiner, aber schwunghafter Schwarzmarkthandel mit der Nuss und der Muschel wurde gestattet, der den Einwohnern ein geringes Einkommen brachte. Sonderlich beliebt war die Insel in der Welt nicht, und deshalb war sie auch in den meisten Atlanten nicht zu finden.

Vor der Landung auf Maskara betrank man sich nochmals richtig, den Rest erledigte der Computer. Man schwor zusammenzuhalten. Der Computer entschloss sich, vor dem Aufsetzen noch einen kleinen Inselrundflug zu machen. Die vier Insassen des Pappraumers staunten über die Schönheit der Insel, die eine abwechslungsreiche Landschaft bot: liebliche Täler, bizarre Schluchten, kleine Strände, merkwürdige Palmen. Das mussten die Kajalpalmen sein.

Waldi hatte sich in seinen diversen Spezialreiseführern über die Insel, die Nüsse und Muscheln schlau gemacht. Er fragte sich wie die Nüsse und Muscheln zusammen mit

110

Jägermeister wirken würden. Der Philosoph war etwas verunsichert, ob er seine Marihuana-Joints weiterrauchen könnte. Waldi hatte nach dem Studium der Lektüre alle Nikotinvorräte zu vernichten. " Auch meine Zigarillos?" klagte Valerie, und Fanny schlug vor, woanders zu landen, denn sie war eine starke Raucherin.

Waldi kam diese rauchfreie Zone ganz recht, zu oft hatte er in der letzten Zeit zu den Glimmstängeln gegriffen. "Mir ist nichts darüber bekannt, ob hier Marihuana erlaubt ist", dozierte er. Das war für Fanny ein gewisser Trost, und Valerie rauchte nur aus Versnobtheit, nicht aus Sucht. Höchstens aus Genusssucht.

Um möglichst wenig Aufsehen zu erregen, versteckte man den Pappraumer in einem Wäldchen nahe dem größten Ort. Bei Entdeckung des Raumschiffes würden die Behörden von Maskara sicher wieder einen feigen Anschlag der Zigarettenindustrie vermuten. So freundlich die Inselbewohner auch sein mochten, wurde ihre Inselidentität bedroht, würden sie rabiat zurückschlagen.

Nicht auszudenken, wenn man den Pappraumer in Brand stecken würde. Das Raumschiff war alles andere als feuerfest. Waldi hatte bei ihrem Versteck aber ein gutes Gefühl.

Wenig später hatten sie ein passendes Hotel gefunden. Waldi bestand darauf, Einzelzimmer zu nehmen. Die etwas erotischere Variante, dass er mit Valerie oder Fanny gemeinsam ein Zimmer nahm, war für ihn zu utopisch, um sie auch nur einen kurzen Augenblick zu erwägen. Sicher hätten die Mädchen sich immer und immer wieder mit dem Satz entzogen: "Wir haben doch Urlaub!"

111

Der Philosoph meinte, irgendwann würde schon eine natürliche Geilheit bei den Mädchen entstehen, die ihnen helfen würde, das geistige Erbe der Vixen-Bar hinter sich zu lassen. Waldi befürchtete, das könnte vielleicht dazu führen, dass sie ihre wiederentdeckte Geilheit, die selbstverständlich die ganze Zeit existierte, aber von einem absurden Geschäftssinn kaschiert und übertüncht war, bei feschen Eingeborenen befriedigten.

Bei diesem Gedanken fühlte sich der Philosoph in seiner Eitelkeit gekränkt. Er war davon überzeugt, dass er den Frauen mehr bieten konnte als irgendeiner dieser Eingeborenen. Er kannte den philosophischen Hintergrund des Sexes. Waldi wollte schon sagen, dass die Eingeborenen den animalischen Hintergrund des Sexes besäßen, verkniff es sich aber.

Er wusste jedoch aus Erfahrung, dass Valerie das Animalische liebte und Fanny sicher inzwischen auch, und er war sich sicher, dass die beiden als die Stars im "Dreieck des Südens" enden würden.

Für den Abend bestellte man bei der Hotelküche ein traditionelles Inselessen. Waldi hatte sich ausgedacht, dass mit der Einzelzimmerlösung jeder die größte Freiheit hatte, sein Glück zu organisieren, mit anderen Worten, sollte er Gelegenheit haben, Liebe mit Fanny oder Valerie zu machen, so wollte er diese allein nutzen. Valerie schien ja hin und wieder durchaus bereit zu sein, etwas gegen ihre Urlaubsprinzipien zu verstoßen. Vielleicht konnte er sie mit ein bisschen Jägermeister, Sekt, Nüssen und Muscheln rumkriegen, ihm ihre private Show zu machen. Sie musste doch schon Entzugserscheinungen haben, und während der Philosoph und Fanny sich die Birne zukiffen mochten, würde er versuchen, animalischen Sex mit Valerie zu machen, die ganze Nacht hindurch.

Man beschloss, bis zum Abendessen sich auf die Zimmer zurückzuziehen, um endlich mal alleine zu sein. Zu lange hatte man zusammengehockt. Da Waldi das Geld hatte, hatte man der Lösung mit den Einzelzimmern zugestimmt, obgleich Fanny und Valerie sich sonst immer ein Zimmer geteilt hatten.

Valerie fragte Waldi, ob er nicht etwas Gutes zu lesen hätte. Waldi hatte, und der Philosoph fühlte sich wieder übergangen. Fanny wollte eigentlich Karten spielen. Die plötzliche Vereinzelung schien ihnen doch größere Schwierigkeiten zu bereiten.

Waldi gab Valerie "Die Befreiung der Venus aus der Küche eines animalischen Kaufmanns", ein Bestseller aus Italien im Stile des Neorealismus, und er hatte seinen Hintergedanken dabei.

Er zog sich auf sein Zimmer zurück, mochten die anderen doch machen, was sie wollten. Da er etwas müde war, probierte er als erstes seine Liege aus und fiel sogleich in einen angenehmen Schlaf, der ihn aber zu einem kuriosen Traum führte.

Er erlebte zum ersten Mal einen konfusen Marsmenschen, der Jägermeister kippte und fassungslos auf eine Projektionswand schaute, deren Fläche geteilt war. Die linke Hälfte zeigte eine dreißigjährige Fanny, die sich in irgendeinem deutschen Supermarkt eine Flasche Meister Proper aus dem Regal nahm. Die andere Hälfte zeigte eine wesentlich jüngere Fanny, die zwar sagte, sie hätte Urlaub, dann aber doch einen Stapel Karten aus ihrem Strumpfhalter nahm, an einem Joint zog und einem milde drein guckenden älteren Mann die Karten legte.

Das war unmöglich. Wie konnte Fanny zweimal auf der Projektionswand sein, zumal das eine Bild Fanny verjüngt und in einer für sie seltsamen Tracht des letzten Jahrhunderts zeigte? Diese Fanny hatte das Alter, in dem sie gewesen war, als Egon sie zum ersten Mal gesehen hatte. Er fragte seine Überwachungsmaschine, von welchen Orten die Bilder stammten, die er sah.

So wie sich das gehört, gab die Maschine für die alte Fanny einen Supermarkt in Soisses, Deutschland, und für die Cancan - Fanny ein Hotel auf Maskara an. Seltsam, Maskara. Egon hatte Maskara in seine engere Wahl gezogen, schließlich aber hatte er sich doch für den Love-Beach auf den Bahamas entschieden. Maskara hatte ihn sehr gereizt, obwohl er nicht wusste, wie er ein traditionelles Essen hätte einnehmen können. Er hätte gerne mal probiert, aber andererseits war auf Maskara touristisch zu wenig los, um auf seine Kosten zu kommen.

Egon zweifelte an seinem Verstand. Dies war kein einfacher Vorgang, denn Waldi, der Schläfer, musste dies in seinem Traum nachvollziehen. Selbst Siegmund Freud hätte nicht gewusst, wie es möglich war, sich träumerisch in ein Wesen zu versetzen, dessen Herkunft und Art er überhaupt nicht kannte. Er war in seinem Traum in einen Marsmenschen geschlüpft und hatte sich zum Glück noch nicht im Spiegel betrachtet .

Und dann sah er wieder den Marsmenschen. Die Supermarkt-Fanny hatte inzwischen bezahlt und die Can-can-Fanny die Karten gedeutet. Sie begann sich gerade auszuziehen, als der Traum seine Konturen verlor.

Waldi schlief ein paar Minuten traumlos, um dann in den nächsten Traum zu fallen. Währenddessen hatte Egon, ohne das Gefühl zu haben, in einem Traum von irgendeinem mitzuspielen, immer noch das Problem, die doppelte Projektion zu erklären. Marsianer verlieren selten den Verstand und neigen nur zu gutmütigen Halluzinationen. Manche sagten, dass Halluzinationen auf dem Mars seltener waren als Weltuntergänge.

Waldi schlief weiterhin traumlos, bis sich plötzlich eine Pforte öffnete. Er sah Vicky, die, die er im Traum schon mal in der Vixen-Bar gesehen und geliebt hatte, am Strand von Maskara. Sie ging schwimmen. Er verfolgte ihre Bewegung im Wasser. Das war dann auch alles. Der Schlaf ging dann ideenlos weiter.

Vicky entschloss sich aus dem Wasser zu kommen, und Egon, sein Quartier vom Love Beach nach Maskara zu verlegen. So was ging bei ihm schnell. Waldi hatte einen erholsamen Schlaf, ohne sich unnötig herumzuwälzen. Er badete auch nicht in seinem Schweiß.

Als Waldi aufwachte, hatte er noch das Gefühl geträumt zu haben, konnte sich aber an kein Bild, an keine Geschichte erinnern. Ruhig lag er in seinem Bett und versuchte, über seine paradoxe Situation nachzudenken. Er war wieder auf der Erde. Es war zwar eines der exotischsten Plätzchen, aber es war die Erde. Und eine Fanny und eine Valerie waren auf dieser Insel, in den Zimmern nebenan. Und es gab zwei weitere Frauen mit diesen Namen irgendwo in Deutschland. Vermutlich.

Waldi kam der Gedanke, dass er überhaupt nicht wusste, wie viele Valeries und Fannys gleichzeitig auf der Erde existierten. Im Universum mochten es unendlich viele sein, aber allein die Chance, in diesem Spiralarm mehrere anzutreffen, ging gegen Null.

Das Unwahrscheinliche war passiert, droben in der Vixen-Bar. Er konnte sich allerdings nicht vorstellen, was passieren würde, wenn Valerie I und Valerie II sich begegneten. Ihr Aufenthalt auf Maskara machte ein Zusammentreffen unwahrscheinlich. Er überlegte sich weitere Konsequenzen ihres Zusammenseins. Sollte er die Mädchen über ihre Doppelexistenz aufklären? Sollte er ein Verhältnis mit einer von ihnen beginnen? Wie sollte er dies anstellen? Sein Leben lang auf Maskara verbringen und hoffen, die Doppelgängerinnen würden sich nie treffen?

Er mochte die Körper der alten Valerie und Fanny. Vermutlich kannte er die neuen Körper. Sollte er die Gelegenheit wahrnehmen, Altes wieder zu erobern? Warum nicht?

Während Waldi seinen Gedanken nach hing, spielte er ein wenig mit seinem kleinen Schwanz, so wie das kleine Jungen tun. Die Intention war nicht die, sich selbst zu befriedigen. Seine Gedanken waren nur am Rande erotischer Natur, sie waren hier und dort und versuchten so, sein Leben in den Griff zu bekommen. Und dabei spielte er nun mal mit seinem Schwanz, der dadurch kein bisschen größer wurde. Richtig, die Projektionen hatten über diese Unart nicht gesprochen.

Valerie hatte dies besonders gestört. Wenn sie gemeinsam auf ihrem Bettsofa lagen an einem jener ungezählten Abende, um unendlich viel Fernsehen zu gucken, neigte er auch dazu, seine rechte Hand in den Genitalbereich zu verschieben und mit dieser harmlosen Spielerei zu beginnen. Sie hatte das genervt zur Sprache gebracht. Er sei doch kein Baby mehr. Und er fragte sich, warum er nicht das Recht habe, sich wie ein kleiner Junge zu verhalten. Man war doch unter sich.

Valerie meinte, bei anderen Gelegenheiten würde er es auch machen, zum Beispiel, wenn sie seine Eltern besuchten. Das konnte er sich nicht vorstellen. Einmal kam der Punkt, da verstand er sie. Wie wäre es denn, wenn sie die ganze Zeit an ihrer Muschi spielen würde. Sagte sie das, oder war das einer seiner Einfälle? Die Vorstellung kam ihm ziemlich komisch vor.

Valerie mochte es auch nicht, wenn er masturbierte, aus unterschiedlichen Gründen, musste es aber selber in schöner Regelmäßigkeit. Wenn sie nach vollzogenem Geschlechtsverkehr wie verrückt masturbierte, entstand der Eindruck, sie sei mal wieder zu kurz gekommen.

Das Sexleben von Fanny war anders gewesen, für die war Masturbation etwas ganz Seltenes, ein Ereignis gewesen. Irgendwann hatte sie stolz erzählt, sie hätte es in seiner Abwesenheit - er war zwei Tage auf einem seltsamen Seminar im Weserland gewesen - gemacht. Natürlich hatte sie an ihn gedacht. An wen sonst.

Wenn Valerie sich selbst befriedigte, dachte sie an Lex Barker, Marlon Brando oder Pierre Brice. Sie dachte selbst an Lex Barker, als sie sich in der Phase heftigster Verliebtheit zu Waldi befand.

Welche der beiden Frauen war eigentlich die ehrlichere? Auf Anhieb würde er Valerie sagen. Die Beziehung mit Valerie hatte drei Jahre gehalten, Valeries Liebe war aber nach einem Jahr kaputt. Danach war sie einem Wechselbad der Gefühle ausgesetzt. Mal verliebte sie sich wieder in Waldi und konnte sich vorstellen, ihn zu heiraten. Tage drauf war dies nur noch eine Affäre, ein Zusammenleben auf Zeit. Sie scheute sich nicht, Waldi mit ihren wechselnden Sichtweisen zu schockieren.

Noch ein weiteres Jahr, und dann blieben nur noch Abenteuer im Weltraum und Abenteuer mit Jägermeister. Es waren gescheiterte Beziehungen, die er viel zu wichtig nahm, so fand er. Die beiden Frauen, so verschieden sie waren, hatten neben ihrer Attraktivität und ihrer Weiblichkeit etwas Individuelles, das ihn mit ihnen verband, bildete er sich ein. Und da waren die vielen Dinge, die nicht geklappt hatten. Er hatte wohl nicht verstanden zu integrieren.

Jetzt hatte er die Möglichkeit, die Fehler von damals zu unterlassen. Er konnte sich eine von beiden aussuchen, neu beginnen. Er war sich noch nicht klar darüber, inwieweit die Doppelgängerinnen ihren Gegenstücken ähnelten. Äußerlich sehr, auch die Stimmen. Diese Valerie hatte auch die typische Valerie-Lache und konnte ebenfalls ganz schön kindisch sein.

Die beiden Frauen hatten unter ganz anderen Umständen gelebt, hatten das Leben von Tänzerinnen und Huren geführt. Er hätte nicht gedacht, dass die Entführung so problemlos, so selbstverständlich vor sich gehen würde. Sie bot die Möglichkeit, die Fehler seiner Vergangenheit auszubessern, ein neuer, alter Anfang. Das hatte er doch immer gewollt. Deshalb doch seine Anstrengungen, Pappraumer zu bauen und Zeitmaschinen zu suchen. Er hatte sich nie zugetraut, selbst eine Zeitmaschine zu bauen.

Waldi schenkte sich ein Gläschen Jägermeister ein und fragte sich, ob der Philosoph recht haben könnte mit der Behauptung, Liebe sei eine Illusion. Und wenn schon. Das Leben hing doch gewissermaßen nur von Illusionen ab. Bewusstsein, die Betrachtung der Welt, alles war mit Illusionen durchsetzt, mit fürchterlichen, nichtssagenden oder auch sehr schönen. Vielleicht war auch eine schwere Depression, die Befindlichkeit, eine üble Illusion.

Waldi wollte in seinen Gedanken nicht zu weit gehen. Sein Kumpel hätte vielleicht einiges Klärende dazu sagen können. In der Vixen-Bar hatte es vor hübschen Mädchen nur so gewimmelt. Hatten sie die richtigen Mädchen entführt? Tatsächlich wollte Waldi doch nur Liebe und geliebt werden, von wem, war ihm egal. Im Universum, in der Vixen-Bar, in Hasberg oder hier auf Maskara gab es sicher mehr als zwei Personen, mit denen so etwas möglich sein sollte.

Waldi wollte dies manchmal nicht einsehen. Er lenkte seine Gedanken etwas vom Allgemeinen zum heutigen Abend. Er würde zum ersten Mal eine traditionelle Maskara-Platte zu sich nehmen, die neben Reis und frischem Fisch die Maskaramuschel und Kajalnuss beinhaltete. Er würde versuchen, die Wirkung des Essens zu beschreiben. Er würde gut gelaunt sein. Man würde sich einen schönen ersten Abend auf Maskara machen.

Der Philosoph hatte sicher Lust ins "Dreieck des Südens" zu gehen. Die Mädchen hätten zum ersten Mal die Gelegenheit, ein solches Etablissement von der anderen Seite kennen zu lernen. Die Tänzerinnen im "Dreieck des Südens" waren bekannt für eine heiße Stripteaseshow nach französischer Tradition. Valerie und Fanny konnten vielleicht noch einiges an Finesse lernen. Die neuartige, heitere Atmosphäre würde die Mädchen ihren Schwachsinn vergessen lassen, dass sie in Urlaub seien und nur Lust auf gewerbsmäßigen Sex hätten.

Waldi und der Philosoph würden schon dafür sorgen, man war ja hier nicht in der Vixen-Bar. Maskara verlangte andere Maßstäbe im Denken. Waldi zweifelte allerdings ein wenig daran, dass der natürliche Sexappeal des Philosophen ausreichen würde, um Fanny oder Valerie daran zu erinnern, dass sie geile Frauen waren. Sich selber zog er nicht in Zweifel.

Es war manchmal schön, im Bett zu liegen und seine Gedanken wandern zu lassen. Er überlegte sich, mit welcher der Frauen er zuerst ins Bett gehen würde. Er entschied sich für Fanny. Der Philosoph hatte da aber auch noch ein Wörtchen mitzureden und die Frauen natürlich ebenfalls. Bei seiner ersten Begegnung mit Fanny in der Vixen-Bar hatte diese unerwartet positiv auf ihn reagiert, sie war viel freizügiger gewesen als von der Geschäftsleitung vorgesehen, hatte mit ihren Reizen nicht gegeizt, sie nicht zurückgehalten.

Der Philosoph hatte offenbar wohl an beiden Frauen Interesse, aber eins war klar, würde sich Waldi für eine der beiden entscheiden, hatte jeder andere Mann seine Finger von diesem Mädchen zu lassen. Mit dem Gedanken, dass die Zukunft wohl gar nicht so schlecht aussah, schlief er wieder ein.

Valerie war aufgewacht und erfreute sich an ihrem neuen Leben. Sie würde entweder Philosophin werden oder im "Dreieck des Südens" tanzen. Französischer Striptease war doch genau richtig für sie. Vielleicht sollte sie einen Teilzeitjob im Stripteasebusiness anstreben und die restliche Zeit als Philosophin arbeiten.

Sie stellte sich die Arbeit als Philosophin aufregend vor. Sie würde interessante Fragen stellen und vielleicht auch interessante Antworten geben. Sie vermisste es etwas, die Männer zu reizen und sich mit ihren Schwanzspitzen zu beschäftigen. Sie würde heute Abend den Vorschlag machen, den späteren Abend ins "Dreieck des Südens" zu gehen. verbringen. Wer weiß, vielleicht hatte sie dort Gelegenheit ihr Dreieck zu zeigen, zusammen mit Fanny.

Eigentlich liebte sie es, ihr Dreieck zu zeigen. Sie hatte gehört, dass man als Nutte auf der Erde viel mehr verdienen würde als in der Vixen-Bar. Sie wollte aber auf ihre Tätigkeit als Philosophin nicht verzichten. Vielleicht konnte man beides miteinander verbinden. Sie konnte ihre philosophischen Sitzungen vielleicht in scharfen Dessous abhalten, im Frage- und Antwortspiel mit der Kundschaft die Kleidung abstreifen, und wenn ihre Muschi zum Einsatz kam, würde sie reitend wichtige Erkenntnisse verkünden.

Wozu doch die Philosophin gut war. Valerie dachte an Fanny, und dass diese mit ihrer Kartenlegerei ähnliche Möglichkeiten hatte. Sex-Tarot, einmalig in der Galaxie. Reitend würde sie die letzten Kartengeheimnisse preisgeben. Warum sollten sie Sex nicht mit ihren anderen Neigungen verbinden? Dies wären einzigartige Geschäftsverbindungen, ihr Ruf würde die Grenzen Maskaras weit hinter sich lassen. Wo gab es schon Nutten, die Karten legten und philosophisch tätig waren?

Nun hätte noch eine Nutte gefehlt, die sich neben ihrem Job mit der speziellen Relativitätstheorie beschäftigte und in Reizwäsche physikalische Vorlesungen gab. Claudia aus der Vixen-Bar, die für manch trockenes Bier gut war, wäre dafür eine geeignete Kandidatin gewesen. Claudia hatte ein Faible für Physik. In den wenigen freien Stunden, die ihr die Bar ließ, machte sie Versuche mit Federpendeln. Sie hätte sich über die Raumfahrt zur Erde sehr gewundert. Sie bediente weiter in der Vixen-Bar. So war Claudia.

Vanessa, die so für Pflanzen schwärmte, hätte einer Blumenladen mit einer eingehenden sexuellen Beratung verbinden können. Was heißt sexuelle Beratung? Sexuelle Praxis! Valerie dachte an die übrigen Frauen der Vixen-Bar, die sie vielleicht nie wiedersehen würde. Ihr kam der Gedanke, das komplette Bar-Personal nach Maskara zu entführen, bis auf die Geschäftsleitung selbstverständlich. Die fiese Geschäftsleitung mochte auf diesem Planeten bleiben und eine leere Vixen-Bar verwalten. Die Truppe würde hier ein Etablissement ganz neuer Art aufziehen. Sie würde strippen, ficken und philosophieren, und das für gutes Geld. Sie musste den alten Knacker nur dazu bewegen, ein paar Geheimnisse preiszugeben. Vielleicht musste sie mit ihrer Pussy etwas nachhelfen. Valerie war nicht böse, aber wenn sie ans Geschäft dachte, konnte sie an Bewusstseinsverwerfungen leiden.

So hatte jeder in seinem Zimmer seine Gedanken. Der Philosoph dachte ungeniert an Sex, weniger an seine Schule für Philosophie. Und wenn, dann nur im Zusammenhang mit Valerie, die in hohen Pumps und heißem Tanga seinen Gästen Getränke bringen durfte. Nun ja, es war vorstellbar, dass sie ihm als Assistentin nutzen konnte. Jemand, der die Vortragsfolien wechselte, den Dia-Projektor bediente. Sie konnte den Kaffee kochen, die Räume pflegen, die Gäste begrüßen, ihre Personalien aufnehmen, Termine absprechen.

In den Pausen würde er sich mit ihr vergnügen. Nach Feierabend würde er zu Fanny gehen, Haschisch rauchen und sich mit ihr vergnügen. Die Zukunft war fein. Er war zum ersten Mal in seinem Leben richtig optimistisch.

Das war eigentlich jeder, bis auf Waldi, der einen wichtigen Teil seines Plans erreicht hatte, nun aber noch das Entscheidende umsetzen musste. Manch klarer Moment brachte ihm Zweifel über den Sinn, sich mit den zwei Frauen weiter aufzuhalten. Dadurch, dass es zwei Frauen waren, wurde die Situation offensichtlich schwieriger.

Welche wollte er eigentlich? "Keine, eine oder beide!" sagte er sich, aber diese weise Antwort brachte ihn auch nicht weiter. Wenn es nur eine gewesen wäre, die er in der Vixen-Bar angetroffen hätte, wäre die Situation für ihn einfacher, suggestiver gewesen. Die Möglichkeit, wählen zu können, beinhaltete die Möglichkeit, nicht nur zwischen zwei, sondern zwischen sehr vielen wählen zu können. Er brauchte doch aber nur einen Menschen, der nett aussah und ihn liebte.

"Richtig anspruchslos", sagte er zu sich selber. Irgendwie war doch die Wahrscheinlichkeit, dass irgendeine x-beliebige nette Frau sich in ihn verliebte, nicht viel geringer, als dass dieses Wunder sich hier mit Fanny und Valerie wiederholte. Manchmal hatte er Rachegedanken. Warum sollte er nicht Fanny und Valerie beherrschen, seine sexuellen Bedürfnisse bei beiden befriedigen, die Nächte mit ihnen gemeinsam verbringen, sich wie ein Pascha bedienen lassen, um dann irgendwann gemeinsam bei der richtigen Valerie und Fanny aufzutauchen?

Gnadenlos würde er die Frauen in heillose Verwirrung stürzen. Besonders die nicht mehr ganz junge Fanny müsste bestürzt sein, wenn er in den Armen eines jüngeren Doubles bei ihr auftauchen würde. Am besten wäre es natürlich, wenn er Fanny und Valerie bei einem gemeinsamen Kaffeekränzchen überraschen würde.

Bei dieser Gedankenabfolge wurde Waldi wieder vor sich selber schlecht. Was sollte das alles? Er hatte beide Frauen geliebt, nicht nur begehrt. Etwas dieser Liebe steckte noch in ihm, wenn er auch wusste, dass die Frauen nicht mehr an ihn dachten, keine Liebe mehr für ihn empfanden.

Eine Kette von Verzweiflungstaten hatte ihn nach Maskara geführt, und aus einer verzweifelten Situation war so etwas wie eine absurde Situation geworden, die ihren erkenntnistheoretischen und erotischen Reiz hatte. Er würde erst einmal auf Maskara bleiben, und die beiden Frauen würden ebenfalls hierbleiben, und das gefiel ihm irgendwie.

Gut, die beiden Frauen waren ein wenig abhängig von ihm, aber das würde sich ändern, wenn sie sich etwas eingelebt hätten. Eine Zeit lang würde er mit den beiden Tänzerinnen zusammenleben und dies genießen, statt in selbstquälerische Gedanken zu verfallen. Vielleicht würde der eine oder andere Schluck Jägermeister zuviel ihn dazu verleiten, die Frauen zum Sex aufzufordern.

Er würde eine Abfuhr gut wegstecken können. Vielleicht würde es ihm gelingen, trotz oder wegen der Nähe der beiden die Augen für andere Frauen zu öffnen. Probleme würde er vielleicht bekommen, wenn die Frauen sich an andere Männer ranschmeißen oder in ihrem alten Beruf anfangen würden. Aber wenn schon! Er würde sich vielleicht die Freiheit nehmen, ein guter Kunde zu sein, und er wusste, die Frauen würden nett zu ihm sein.

Je nach Laune könnte er sich für die eine oder andere entscheiden, und zum Vergleich würde er es auch mal mit einer dritten versuchen. Er war sich aber irgendwie sicher, dass Fanny und Valerie ..., ja was eigentlich? Im "Dreieck des Südens" gab es bestimmt jede Menge Auswahl.

Waldi hatte plötzlich einen klaren Gedanken. Er musste seinen ruinösen Jägermeisterkonsum aufgeben. Vielleicht würde ihm das auch helfen, den Kopf freizubekommen. Nicht mehr zu rauchen gehörte auch zu diesem Programm, und dafür waren die Voraussetzungen auf Maskara gut.

Es war Zeit, sich für das Essen, das im Restaurant des Hotels einzunehmen war, fertigzumachen. Die Frauen machten sich schön, Waldi wusch sich die kurzen Haare und stellte sich auf die Hotelwaage. Wie unendlich fett war er doch im letzten Jahr mit Valerie gewesen. Jetzt konnte er sich wieder sehen lassen. Man zog sich an und traf sich im Restaurant.

Nach einer Vorspeise, einem Krabbencocktail mit subtropischen Früchten, kam das mit Spannung erwartete Mahl mit den Nüssen und Muscheln. Die Frauen aßen begeistert davon, während Waldi fand, dass es etwas gewöhnungsbedürfig sei. Man bestellte einen Wein von der Insel, der trotz aller Lieblichkeit dieses Platzes trocken ausfiel.

Unmerklich langsam stieg die Laune, zusammen mit dem Wein taten die Nüsse und Muscheln ihr Werk. Zuerst bemerkte die vier gar nicht, wie glänzend ihre Laune wurde. Waldi witzelte wie üblich über die Erde und die Relativitätstheorie.

Die beiden Männer machten den Frauen Komplimente, wie gut sie doch aussähen, wie geistreich sie wären, und die Frauen lächelten und meinten, die Männer würden ihnen in nichts nachstehen.

Das war zu freundlich. Waldi konnte die drei für eine Partie Strippoker gewinnen. Es kam zu einem knappen Ergebnis. Es erübrigt sich, den reizvollen Spielablauf zu beschreiben, bei so vielen Ausziehszenen in dieser Geschichte. Als Valerie und Waldi nackt waren, verlangte dieser, sie nehmen zu dürfen.

"Warum sollte ich das zulassen?" konterte Valerie.

Verärgert zündete sich Waldi eine Zigarette an und wurde wenig später ins kleine Krankenhaus von Maskara eingeliefert. Er hatte furchtbare Darmkrämpfe. Eine nette Krankenschwester namens Vicky kümmerte sich um ihn. Aber das ist eine andere Geschichte.